AF384214

LES
ANOMALIES DU RÂMÂYAṆA

PAR

M. A. ROUSSEL

PROFESSEUR À L'UNIVERSITÉ DE FRIBOURG (SUISSE)

EXTRAIT DU JOURNAL ASIATIQUE

(Janvier-Février 1910)

PARIS

IMPRIMERIE NATIONALE

MDCCCCX

LES
ANOMALIES DU RÂMÂYAṆA

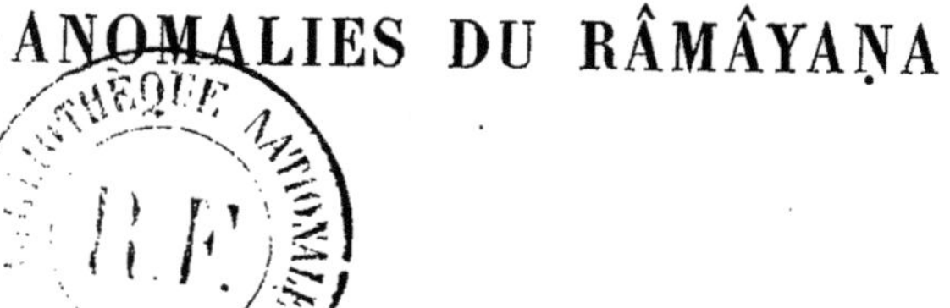

LES
ANOMALIES DU RÂMÂYAṆA

PAR

M. A. ROUSSEL

PROFESSEUR À L'UNIVERSITÉ DE FRIBOURG (SUISSE)

EXTRAIT DU JOURNAL ASIATIQUE

(JANVIER-FÉVRIER 1910)

PARIS

IMPRIMERIE NATIONALE

MDCCCCX

LES

ANOMALIES DU RÂMÂYANA,

PAR

M. A. ROUSSEL,

PROFESSEUR À L'UNIVERSITÉ DE FRIBOURG (SUISSE).

AVERTISSEMENT.

J'ai relevé, dans les pages suivantes, les *ârṣa* et *chândasa*, c'est-à-dire les archaïsmes, les védismes du Râmâyana, texte de l'édition publiée à Bombay, en 1888, par Kâçinâth Pându-rang Parab. J'ai confronté tous les passages de cette édition avec les passages analogues de celle de T. R. Kṛṣṇâcârya, parue également à Bombay, en 1905, et connue généralement sous le nom d'édition du Sud [1].

Râma se permet assez rarement de corriger le texte, et, quand cela lui arrive, il a soin de donner en note la leçon primitive dont il indique alors l'anomalie. Il cite souvent, à côté de ses gloses, celles de ses devanciers; les noms de Kataka et de Tîrtha sont ceux qui reviennent le plus volontiers sous sa plume.

Ce qu'il donne pour archaïsme ou védisme ne l'est pas toujours, ou du moins ne l'est pas exclusivement. Plus d'une ex-

[1] Les deux recensions ne diffèrent guère que par la distribution des çlokas, bien rarement par celle des sargas; le texte est presque toujours identique. Kṛṣṇâcârya s'est montré extrêmement sobre de gloses; le plus souvent il transcrit, sans les signaler, les anomalies relevées par Râma; pour ce double motif son édition me paraît inférieure à celle de Kâçinâth. Chacune d'elles se compose de deux volumes imprimés dans les mêmes caractères et le même format, mais d'inégale grosseur, l'édition du Sud comprenant fort peu de notes.

pression qu'il qualifie ainsi appartient également à la période classique. En réalité, il ne s'agit que de formes contraires ou simplement étrangères à la grammaire de Pâṇini, prise pour la norme infaillible du pur sanscrit.

Au reste Vâlmîki, en sa qualité de ṛṣi, a bien le droit de se servir des formes qualifiées d'*ârṣa* ou de *chândasa*. Kṛṣṇâcârya semble avoir pris plus de liberté avec son texte que Râma, en redressant une expression vicieuse, ou en rétablissant sur ses pieds un vers plus ou moins boiteux. Cependant il lui arrive de donner la leçon primitive, sans même en relever l'anomalie, alors que Râma, non seulement relève celle-ci, mais relègue cette leçon dans les notes et lui substitue un texte plus correct, suivant lui.

J'ai classé ces anomalies aussi exactement que possible sous les rubriques indiquées par le glossateur lui-même. Il arrive que certaines d'entre elles peuvent être indifféremment classées sous deux rubriques. Dans ces cas-là, j'ai suivi Râma, comme dans tout le reste. Il s'agissait avant tout d'éviter des répétitions.

Lorsque le texte est identique dans les deux éditions, ce qui arrive le plus habituellement, je me borne à noter si l'édition du Sud, désignée par la double initiale E. S., signale ou non l'anomalie.

Le chiffre romain indique le kâṇḍa, le premier chiffre arabe le sarga et l'autre, plus petit, le çloka; les pâdas sont désignés par les lettres *a*, *b*, *c*, etc.

ANOMALIES DU SAMDHI.

I. Saṃdhis irréguliers.

I,   9, 20 :   *socyatâm.*
        glose : *sa ucyatâm ity arthaḥ saṃdhir ârṣaḥ.*
    E. S., 9, 19 : *tvayocyatâm.*
    19, 21 :   *tatotthâyeti cchândasam*, pour : *tata utthâya.*

E. S., 20 : *çokam abhyagamat tivram*, au lieu de : *labdhasaṃ-jñas tatotthâya.* En réalité l'édition du Sud ne fait qu'un çloka des deux 20 et 21. L'hémistiche *labdha°* est supprimé.

20, 3 :   *yasyâham iti saṃdhir ârṣaḥ*, pour : *yasyá aham.*
    E. S. : non signalé.

21, 8 :   *kariṣyeti saṃdhir ârṣaḥ*, pour : *kariṣya iti.*
    E. S. : *kariṣyâmîti.*

24, 10 :   *tasyâyam saṃdhir ârṣaḥ*, pour *tasyá ayam.*
    E. S. : non signalé.

43, 6 :   *tasyâvalopanaṃ saṃdhir ârṣaḥ*, pour : *tasyá ava°.*
    E. S. : non signalé.

45, 43 :   *gatâbhimukham iti saṃdhir ârṣaḥ*, pour : *gatá abhi°.*
    E. S., 30 : non signalé.

II,   4, 17 :   *divolkâç ca saṃdhir ârṣaḥ*, pour : *diva ulkâḥ.*
    E. S. : *divolkâ ca*, au singulier, sans mention d'archaïsme.

16, 31 :   *Râghavo jvalitaḥ.*
       glose : *jvalito dîpitaḥ, ujjvalita iti vâ; tadâ saṃ-dhir ârṣâḥ.* (On peut entendre aussi *ujjvalitaḥ*, mais alors le saṃdhi serait un archaïsme.) Il faudrait *Râghava uj°* et non *Râghavojjvalitaḥ.*
    E. S. : pas de glose.

20, 37 :   *aprajâsmîti.*
       glose : *mânasaçokâbhinayaḥ; samâsântâbhâvo 'ni-tyatvât saṃdhir vârṣatvât.* « Je suis sans enfants », dit-elle. Indication du chagrin de son cœur. Absence de désinence du composé, par suite de non-nécessité; ou bien saṃdhi résultant d'un archaïsme.
    E. S. : pas de glose.

40, 38 :   *Râmamâtety ârṣam*, pour : *Râmamâtar iti.*
    E. S. : non signalé.

51, 8 :   *tatovâca.*
       glose : *tata uvâceti cchedaḥ; ârṣaḥ saṃdhiḥ.*
    E. S. : *tadovâca.*

52, 28 :   *vatsyâmaheti vâ*
       glose : *vatsyâmaheti veti saṃdhir ârṣaḥ; vatsyâmahe iti vâ* (lire : *vatsyâmaha iti*).
    E. S. : *vatsyâmaheti ca;* sans indication d'ârṣa.

67, 26 : samvadantopatiṣṭhante.
glose : samvadanta upātiṣṭhante; samdhir ârṣaḥ.
E. S. : samvadanto 'vatiṣṭhante.

74, 13 : kausalyâyâtmasambhavam.
kausalyâyâ âtmasambhavam aurasam; samdhir ârṣaḥ.
E. S. : glose : Kausalyâyâḥ âtmasambhavam samdhis tv ârṣaḥ.

84, 2 : nâsyântam.
glose : nâsyâ antam ity arthe; samdhir ârṣaḥ.
E. S. : non signalé.

116, 2 : tâpasâçrame.
glose : samdhir ârṣaḥ. Pour tâpasâ âçrame.
E. S. : non signalé.

III, 13, 12 : tatovâca.
glose : tatâ uvâcety arthe samdhir ârṣaḥ.
E. S. présente une variante. Au lieu de tatovâca vacaḥ çubham, on lit : dhîro dhîrataram vacaḥ.

20, 12 : hṛṣtâdṛṣtaparâkramam.
glose : adṛṣtaparâkramam iti cchedaḥ; samdhir ârṣaḥ; il faut : hṛṣtâ adṛṣta°.
E. S. donne ce çloka entre crochets, comme s'il était interpolé; elle écrit : hṛṣtâ dṛṣtaparâkramam.

64, 23, a : tasyâgamaḥ.
glose : tasyâ âgama ity arthaḥ, ârṣo dîrghaḥ (sic).
E. S., 22, c : yadi syâd âgamaḥ, avec cette explication : Sitâ-darçanopâyaḥ.

66, 17 : bahuçoktavân iti samdhir ârṣaḥ. Il faut : bahuça uktavân.
E. S. : bahuço 'nvaçaḥ (sic).

69, 11 : tasyâvidûrataḥ.
glose : tasyâvidûra (sic) iti samdhir ârṣaḥ. Pour : tasyâ avi°.
E. S. : non signalé.

IV, 6, 17 : hâ priyeti.
glose : hâ priye itîty atra samdhir ârṣaḥ.
priye est pragṛhya.
E. S., 16 : non signalé.

43, 5 :   *kṛtârthârthavidâm vara.*
   saṃdhir ârṣah. Il faut : kṛtârthâ artha°.
  E. S. : non signalé.

60, 8 :   *ugratapâbhavad iti saṃdhir ârṣah.* Pour : *ugratapâ*
   abhavat.
  E. S. : non signalé.

66, 8 :   *Apsarâpsarasâm iti.*
   Apsarâ ity ekavacanânto 'pi, saṃdhir ârṣah. Apsarâ
   ity âbanta ârṣa ity anye [1].
  E. S. : *Apsareti nirdeça ârṣah.*

V,   14, 12 :   *diçah sarvâbhidhâvantam iti saṃdhir ârṣah.* Pour :
   sarvâ abhi°.
  E. S. : *diçah sarvâh pradhâvantam.*

45, 2 :   *kṛtâstrâstravidâm çreṣṭhâh.*
   glose : *kṛtâstrâstrety ârṣah saṃdhih.* Il faut :
   kṛtâstrâ astra°.
  E. S. glose : *kṛtâstrâh* (sic) [2] *astravidâm iti cchedah ;*
   saṃdhir ârṣah.

VI,   26, 23 :   *çaiva eṣa eva ; saṃdhir ârṣah.*
   Cet archaïsme se lit encore aux vers 28 et 45,
   mais la glose ne le signale plus.
  E. S. l'indique au second pâda du 24ᵉ vers qui corres-
   pond ainsi au 1ᵉʳ du 23ᵉ de l'édition de Bombay.
   Au 30ᵉ vers on lit : *eṣo 'pyâçaṃsate.* L'archaïsme
   çaiva se retrouve au 47ᵉ vers, mais la glose
   ne le relève pas.

41, 51, *b* :   *pṛtanârkṣavanaukasâm.*
   glose : *pṛtanâh* (sic) *rkṣety atra saṃdhir ârṣah.*
   Pour : *pṛtanâ rkṣa°.*
  E. S., 50, *b* lit : *pṛthag rkṣa°.*

59, 105, *b* :   *medârdragâtra iti saṃdhir ârṣah.* Pour : *meda*
   ârdra°.
  E. S., 107, *b* : non signalé.

---

[1] « *Apsarâpsarasâm*, malgré la désinence du singulier, *Apsarâh*, saṃdhi
irrégulier ; d'autres disent que *Apsarâ* a la désinence féminine *â* irrégulière. »

[2] Le visarga *h* tombe après l'*â* long et l'hiatus demeure.

62, 9 : sa . . . samuditotpatya.

glose : *sa Rávaṇo muditaḥ samutpatya . . ., saṃdhir árṣaḥ.* Pour : *samudita utpatya.*

E. S. porte cette variante : *utpatya cainam mudito Rávaṇaḥ pariṣasvaje.*

69, 14 : *çatrubalaçriyárdanaiḥ.*

glose : *çatrûṇám balasya çriṇám cárdanair ity arthe çriyárdanair ity árṣam.*

çriyá, pour *çriyás* au génitif singulier, donne : *çriyá arda°.* Le saṃdhi est donc irrégulier.

E. S. : *çatrubalapramardanaiḥ.*

84, 6 : *Lakṣmaṇováceti saṃdhir árṣaḥ.* Pour *Lakṣmaṇa uváca.*

E. S. : *árṣaḥ samdhiḥ.*

97, 1 : *sarasíva.*

glose : *sarasi iva; samdhir árṣaḥ.* Pragṛhya.

E. S., 98, 1 : *prakṛtibhávábhávaḥ* (sic) *árṣaḥ* [1].

109, 23 : *eṣo 'hitágnir ity árṣaḥ samdhiḥ; áhitágnir iti cchedaḥ.* Il faut : *eṣa áhitágniḥ.*

E. S., 112, 24 : *eṣo hitágniḥ.*

eṣaḥ hitágniḥ; áhitágniḥ samdhir árṣaḥ.

VII, 4, 31 : *sadyopalabdhir ity árṣaḥ samdhiḥ.* Il faut : *sadya upa°.*

E. S. : non signalé.

5, 8 : *vyádhayopekṣitá iva . . . samdhir árṣaḥ.* Pour : *vyádhaya upekṣitá.*

E. S. : *°upekṣitá iti cchedaḥ*, sans indication d'archaïsme.

11, 37 : *bahuçokta iti samdhir árṣaḥ.* Pour : *bahuça uktaḥ.*

E. S., 38 : non signalé.

15, 34 : *Dhanadocchvásita iti samdhir árṣaḥ.* Pour *Dhanada ucchvásitaḥ.*

E. S., 38 : *Dhanadaḥ* (sic) *ucchvásita iti cchedaḥ samdhir árṣaḥ.*

30, 3 : *aho 'syeti samdhir árṣaḥ.* Pour : *aho asya. Aho* est pragṛhya.

E. S. : non signalé.

33, 13 : *Pulastyováceti samdhir árṣaḥ.* Pour : *Pulastya uváca.*

E. S. : signalé.

[1] « Cette inobservance de l'usage habituel est un archaïsme. »

36, 35 :   *eṣo 'çramâṇîty ârṣaḥ samdhiḥ*, pour : *eṣa âçramâṇi*.

E. S., 36, 36 : non signalé.

36, 42 :   *kuñjararuddho vâ*.

         glose : *kuñjararuddheva iti pâṭhântaram : atra samdhir ârṣaḥ;* pour : *kuñjararuddha iva*.

E. S., 44 : *pañjararuddho vâ*.

36, 47 :   *eṣcva eṣa iva, samdhir ârṣaḥ*.

E. S., 51 : non signalé.

65, 8 :   *pûrvâ yajñavibhûtiyam ity ârṣaḥ samdhiḥ*, pour : *vibhûtir iyam*.

     E. S. : non signalé.

67, 13 :   *na te jñâm; na te âjñâm ity arthaḥ; samdhir ârṣaḥ*.

     E. S. : glose : *te âjñâm iti cchedaḥ samdhir ârṣaḥ*.

69, 25 *b* :   *eṣo pûrvasyeti . . . ârṣaḥ samdhiḥ*.

E. S., 26 *a* : *eṣa pûrvasya*.

81, 12 :   *so 'çramâvasatha ity ârṣaḥ samdhiḥ*. Pour : *sa âçramâvasathaḥ*.

     E. S. : non signalé.

102, 15 :   *jajñate 'tidhârmikau, samdhir ârṣaḥ;* pour : *jajñate ati°*. Pragrhya .

     E. S. : non signalé.

II. Asamdhis irréguliers.

III, 47, 2 :   *eṣa anukta ity ârṣo 'samdhiḥ*. Pour : *eṣo 'nukta*.

     E. S. : *ayam anuktaḥ*.

IV, 53, 7 :   *Mahâprâjña Aṅgada ity ârṣam*, pour : *°prâjñâṅgada*.

     E. S., 20 : non signalé.

V, 47, 35 :   *gṛhya iva*.

         glose : *asamdhilyapâv ârṣau; gṛhîtvevety arthaḥ* [1].

     E. S. : non signalé.

VI, 83, 29 :   *bhûta adharma ity asamdhir ârṣaḥ;* pour : *bhûto-'dharmaḥ*.

     E. S. : *bhûto adharmo vâ;* glose : *atra vṛttânurodhâya samdhyabhâvaḥ* [2].

---

[1] Double irrégularité concernant le samdhi et le *lyap* ou règles du gérondif.

[2] D'après cette glose l'asamdhi serait intentionnel.

VII, 8, 1 :   *etya ivety asaṃdhir ârṣaḥ; pour :* *etyeva.*
     E. S. : non signalé.

28, 41 :   *citrakarma ivety asaṃdhir ârṣaḥ; pour :* *°karmeva.*
     E. S., 42 : non signalé.

31, 36 :   *Gaṅgâ iva . . . asaṃdhir ârṣaḥ; il faut :* *Gaṅgeva.*
     E. S., 35 : non signalé.

35, 63 :   *gamiṣyâma aprasâdyety asaṃdhir ârṣaḥ; il faut :*
     gamiṣyâmo 'prasâdya.
     E. S. : non signalé.

36, 16 :   *tuṣṭa aviṣâdam ity ârṣo 'saṃdhiḥ; pour :* *tuṣṭo*
     'viṣâdam.
     E. S. : non signalé.

69, 28, a :   *eṣâ eveti; asaṃdhir ârṣaḥ,* pour : *eṣaiva.*
     E. S., 69, 28, c : non signalé [1].

ANOMALIES VERBALES.

I. Augments.

I, 1, 59, d :   *çaṃsat; chândaso 'ḍabhâvaḥ,* pour : *açaṃsat.*
     E. S., 58, b : non signalé.

2, 15 :   *agama ity aḍâgamas tu mânyoge py ârṣatvât.* Ici
     l'emploi de l'augment, malgré la présence de la
     particule prohibitive *mâ*, est irrégulier.
     E. S. défend la leçon *mâ agamaḥ. He Niṣâda tvam yat*
     yasmât kâraṇât krauñcamithunât kâmamohitam
     ekaṃ krauñcam avadhîḥ tat tasmât kâraṇât çâç-
     vatîḥ samâḥ bahûn saṃvatsarân pratiṣṭhâṃ sthi-
     tiṃ mâ agamaḥ mâ prâpnuhi; nâyaṃ mâṅ api tu
     mâçabdaḥ; tena aḍâgame pi na virodhaḥ prâtha-
     miko 'yaṃ çlokaḥ maṅgalâçâsanaparatayâpi vyâ-
     kriyate. He mâniṣâda çrinivâsa Râma yat krauñ-
     camithunâd râvaṇamaṇḍodarirûpâd râkṣasami-
     thunât kâmamohitam ekaṃ Râvaṇam avadhîḥ
     hatvâ trailokyam apâlayaḥ tasmât tvaṃ çâçvatîs
     samâḥ pratiṣṭhâm agamaḥ prâpnuhi; lakâravya-
     tyayaḥ.

[1] Dans ce sarga les deux éditions présentent plusieurs différences de lecture.

7, 13 :   *samapûrâyan;* variante : *abhipûrayan.* Ici la glose ajoute : *itipâthe 'dabhâva ârṣaḥ.* Dans ce texte l'absence d'augment est archaïque. Il faut : *abhyapûrayan.*

E. S., 11 : *samapûrayan,* sans variante indiquée.

9, 6, *b* :   *samabhivartateti bhaviṣyati laṅ, aḍabhâvaç cârṣaḥ;* pour : *samabhyavartata.*

Double archaïsme ou irrégularité : l'imparfait (*laṅ*) pour le futur et l'absence d'augment.

E. S., *d* : non signalé.

17, 34 :   *vicaranto 'rdayan.*

glose : *ârdayan ity arthaḥ; aḍabhâva ârṣaḥ.*

E. S., 32 : non signalé.

18, 17 :   *patad ity atrâḍabhâvaç chândasaḥ;* pour : *apatat.*

E. S., 16 : *puṣpavṛṣṭiç ca khâc cyutâ.*

18, 44, *b* :   *upahârayad iti..... aḍabhâva ârṣaḥ,* pour : *upâhârayat.*

E. S., *d* : non signalé.

22, 10 :   *diptau çobhayetâm ity âḍabhâvaç* [1] *chândasaḥ;* il faut lire : *diptâv açobha°.*

E. S., 9 : non indiqué.

23, 20, *d* :   *abhirañjayan.*

glose : *abhyarañjayan; aḍabhâva ârṣaḥ.*

E. S., *b* : non indiqué.

26, 27, *b* :   *abhipûjayan; aḍabhâva ârṣaḥ;* pour : *abhyapû°.*

E. S., 26, *d* : non signalé.

37, 19, *d* :   *abhijâyata; aḍabhâva ârṣaḥ;* pour : *abhyajâyata.*

E. S., *b* : *abhyajâyata.*

37, 25 :   *bruvan.*

glose : *abruvann ity arthaḥ; aḍabhâva ârṣaḥ.*

E. S., 26 : non signalé.

38, 23, *d* :   *samabhijâyata; aḍabhâva ârṣaḥ;* pour : *samabhyajâyata.*

E. S., *b* : non signalé.

43, 15, *b* :   *anuvrajad ity aḍabhâva ârṣaḥ;* pour : *anvavrajat.*

E. S., *d* : non signalé.

---

[1] Cet *â* long est sans doute une faute d'impression. Le glossateur, on l'aura observé, emploie indifféremment les termes *ârṣaḥ* et *chândasaḥ.*

50, 22 :   *nyavedayad ameyâtmâ putrau Daçarathasya tau.*
    glose : «*nivedayat*» *iti pâṭhe* '*ḍabhâva ârṣaḥ.*
    Cette leçon est incorrecte; il faut : *nyaveda-*
    yat. (Peut-être s'agit-il ici d'une correction du
    texte.)
    E. S. : *nyavedayan mahâtmânau putrau Daçarathasya tau.*
    glose : *putrâv iti nyavedayat.*

52, 11 :   *priyetâm; aḍabhâva ârṣo laṅi*[1]; pour : *apriye-*
    tâm.
    E. S. : non signalé.

66, 22, *b* :   *piḍayan.*
    glose : *apiḍayan; aḍabhâva ârṣaḥ.*
    E. S., *d* : signalé.

66, 23, *d* :   *prasâdayam prasâditavân; laṅy aḍabhâva ârṣaḥ;*
    pour : *aprasâdayam.*
    E. S., 24, *b* : signalé.

70, 27 :   *jâyata,* archaïsme non signalé; pour : *ajâyata.*
    E. S., 24 : *jâtavân.*

75, 24, *c* :   *utsâdayam;* pour : *udasâdayam.*
    glose : *utsâditavân; aḍabhâva ârṣaḥ.*
    E. S., 25, *c* : non signalé.

II, 1, 3 :   *smaratâm asmaratâm; aḍabhâva ârṣaḥ.*
    E. S. : non signalé.

11, 18 :   *cyâvayat, pracyutavîryam akarot; aḍâbhâva ârṣaḥ;*
    pour : *acyâvayat.*
    E. S. : *acyâvayat.*

41, 9, *d* :   *na pâyayan nâpayayan, aḍabhâva ârṣaḥ.*
    E. S., 10, *b* : non signalé.

48, 4 :   *prasârayan; prâsârayan ity arthaḥ*[2].
    E. S. : archaïsme ni signalé, ni corrigé.

52, 79 :   *praṇamat; aḍabhâva ârṣaḥ.*
    E. S. : *prâṇamat.*

63, 52, *d* :   *uddharam; aḍabhâva ârṣaḥ,* pour : *udadharam.*
    E. S., *b* : non signalé.

80, 7 :   *chindan; aḍabhâva ârṣâḥ,* pour : *acchindan.*
    E. S. : non signalé.

---

[1] À l'imparfait (*laṅ*) l'absence d'augment est un archaïsme.
[2] Tout en corrigeant le texte, la glose n'indique pas l'anomalie.

103, 23 :   *avatârayat.*

La glose corrige : *avâtârayat,* sans mention d'*ârṣa.*

E. S., 102, 25 : *avâtârayat.*

110, 15, *d* :   *Asito nâpajâyata.* Archaïsme ni corrigé, ni mentionné. Pour *nâpâ*° [1].

E. S., *b* : *Asito nâma jayata.* Sans glose.

III, 11, 59 :   *viniṣpatad vinirgatavân; aḍabhâva ârṣaḥ,* pour : *vinirapatat.*

E. S., 61 : non signalé.

12, 21, *d* :   *abhiniṣpatat; aḍabhâva ârṣaḥ,* pour : *abhinirapatat.*

E. S., *b* : non signalé.

14, 29 :   *janayat; ajanayad ity arthaḥ,* sans mention d'*ârṣa.*

E. S. : non signalé.

31, 43, *b* :   *Sîtâm ihânayeti ko bravîti taṃ bravîhi.* La glose reproduit cette phrase et observe : *iḍ ârṣaḥ.* Il faut : *ko 'bravîd iti.*

E. S., 42, *f* : non signalé.

IV, 16, 27, *b* :   *parihîyata; aḍabhâva ârṣaḥ,* pour : *paryahîyata.*

E. S., 26, *d* : *parihîyate.*

48, 22, *a* :   *vicinvan,* pour *vyacinvan.* Non signalé.

E. S., 21, *c* : *vyacinvan.*

50, 9, *d* :   *niṣkraman,* pour *nirakraman.*

La glose corrige : *nirâkraman* avec un *â* long qui ne s'explique pas, et sans mention d'*ârṣa.* Peutêtre est-ce une faute d'impression.

E. S., *b* : non signalé.

V, 1, 50 :   *vyavaçiryanta; ârṣo 'ḍabhâva,* pour : *vyavâçiryanta.*

E. S., 52 : *avaçiryanta.*

glose : *avâçiryanta sthitavanta ity arthaḥ.*

1, 194 :   *vilokayad vyalokayat,* sans mention d'*ârṣa.*

E. S., 193 : *vilokayan* (part. présent).

---

[1] Il est rare que l'édition de Bombay ne relève pas les irrégularités de ce genre, soit en les corrigeant, ou du moins en les signalant. On aura remarqué, en effet, que tantôt elle corrige et signale l'irrégularité, tantôt elle se borne à la signaler ou à la corriger.

18, 10 :   *anuvrajan* (3ᵉ pers. pluriel); *adabhāva ārṣaḥ;* pour : *anvavrajan.*

    E. S. porte : *anuvrajat* au singulier et n'indique pas l'irrégularité.

38, 29 :   *yojayat,* . . . . . *ayojayad ity arthaḥ,* sans *ārṣa.*

    E. S., 3o : non signalé.

38, 61 :   *anusmarad anvasmarat,* sans *ārṣa.*

    E. S., 64 : *anusmaret.*

37, 16 :   *paripālayaḥ paryapālayaḥ,* sans *ārṣa.*

    E. S. : *paryapālayaḥ.*

VI, 41, 93 :   *abhivartatābhyavartata,* sans mention d'*ārṣa.*

    E. S., 92 : *abhyavartata.*

44, 27 :   *bhakṣayan abhakṣayan,* sans autre indication.

    E. S. : non signalé.

46, 17 :   *tāḍayad atāḍayat,* sans mention d'*ārṣa.*

    E. S., 18 porte : *tāḍayāmāsa Rāvaṇiḥ,* au lieu de *tāḍayat sa ca Rāvaṇiḥ.*

51, 33 :   *abhidravad abhyadravat,* sans autre indication.

    E. S., 52, 33 : non signalé.

58, 16 :   *raman avaman,* corrige la glose qui donne une variante : «*vemuḥ*» *iti pāṭhāntaram,* mais sans indication d'archaïsme.

    E. S. donne précisément la variante : *vemuḥ.*

58, 23 :   *samtyājayat samatyājayat,* sans *ārṣa.*

    E. S. : non signalé.

60, 53 :   *pātayann apātayan,* sans indication d'*ārṣa.*

    E. S., 54 : non signalé.

67, 96 :   *samprasravat; adabhāva ārṣaḥ,* pour : *samprā-sravat.*

    E. S., 98 : donne le texte : *samprasravaṃs tadā,* au lieu de : *samprasravat tadā.* L'irrégularité est évitée.

71, 80 :   *utsrjat* pour : *udasrjat.* Archaïsme ni signalé ni corrigé.

    E. S., 82 : idem.

76, 36 :   *sāntvayad asāntvayat.* Point d'indication d'*ārṣa.*

    E. S., suivant son habitude, ne signale ni ne corrige l'incorrection.

79, 26 :   *kurutām akurutām; adabhāva ārṣaḥ.*

    E. S. : non signalé.

96, 29 , *b* :   *táḍayat*, pour : *atáḍayat.*
                     ni corrigé, ni signalé.

E. S., 97, 28, *c* : *urasy atáḍayat*, au lieu de : *urasi táḍayat* [1].

96, 31 :   *tato 'nyaṃ pátayat*, pour : *apátayat.* Ni corrigé,
                     ni signalé.

E. S., 97, 31 : *tato nyapátayat.*

114, 35 :   *samapanudat samapánudat.* Archaïsme corrigé, non
                     signalé.

E. S., 117, 36 : ni signalé, ni corrigé.

128, 24 :   *mantrayann amantrayan.* Sans indication d'*árṣa.*

E. S., 131, 24 : comme d'habitude, ni signalé, ni corrigé.

128, 42 :   *abhyucchrayann abhyudaçrayan.* Non signalé.

E. S., 131, 42 : ni signalé, ni corrigé.

VII. 19, 11 :   *niṣkráman nirakrámat.* Sans indication.

E. S. : archaïsme corrigé, non signalé [2].

23, 6 :   *labdavarávasan.*

                     glose : *vasann ity aḍabháva árṣaḥ; labdhava-*
                     ráḥ [3].

E. S. écrit *labdhavará vasan,* comme pour mieux mar-
                     quer cette absence d'augment que pourtant
                     elle ne signale, ni ne corrige.

59, 8 :   *saṃkrámayad asaṃkrámayat* (sic) [4], sans indica-
                     tion d'*árṣa,* pour : *samakrámayat.*

E. S. : non signalé.

88, 16 :   *çabdápayata*, pour : *açabdápayata.*
                     La glose se borne à donner l'équivalent *áhvayata*
                     sans relever l'irrégularité.

E. S. : non signalé.

89, 1 :   *brútám abruvatám,* sans indication d'*árṣa.*

---

[1] Cette correction facile, qui ne trouble en rien la mesure, est probable-
ment due à l'éditeur. Celui de la version dite de Bombay aura davantage
respecté le texte, ou même n'aura pas remarqué la faute, puisqu'il ne la signale pas.

[2] Voici quatre fois que l'on rencontre le préfixe *nis* devant un imparfait et
jamais avec l'augment. Serait-ce intentionnel ?

[3] Peut-être s'agit-il ici d'un saṃdhi irrégulier, comme on en a vu plusieurs,
et non d'un manque d'augment.

[4] L'augment p'acé avant le préfixe est, sans doute, une distraction du
glossateur.

E. S. écrit *abrûtâm*, et donne ainsi les 3ᵉ et 4ᵉ pâdas :
*âçcaryam iti câbrûtâm ubhau Râmaṃ janeçva-
ram.*

Bombay lit : *âçcaryam iti cabrûtâm*, etc.

II. Voix. Temps. Modes.

1, 1, 85 :   *pramumodeti cchândasaṃ parasmaipadam.*
                 Actif pour moyen : *pramumude.*
          E. S., 84 : non signalé.
2, 7 :   *prâyacchateti cchândasam*, pour : *prâyacchat.*
          E. S. : non signalé.
2, 29, *b* :   *hanyâd dhatavân ity arthe chândasam.*
                 Optatif pour parfait : *jaghâna.*
          E. S., 28, *c* : non signalé.
4, 3 :   *prayuñjiyâd iti cchândasam.*
                 Optatif pour futur : *prayokṣyati.*
          E. S. : non indiqué.
4, 4 :   *agrhîtâm iti cchândaṣam.*
          E. S. : *agrhṇîtâm . . . Kuçîlavau* [1].
9, 6 :   *samabhivartata*, double irrégularité déjà relevée
                 précédemment, au chapitre des suppressions
                 d'augment. L'imparfait pour le futur : *sama-
                 bhivartasyati.*
          E. S. : non signalé.
10, 16 :   *âsety ârṣam; babhûvety arthaḥ.*
          E. S. : non signalé.
13, 40 :   *ârabhann iti cchândasaṃ*, pour : *ârambhan.*
          E. S., 37 : non signalé.
21, 13 :   *praçâsati.*
                 glose : *praçâsti smety arthaḥ; çab ârṣaḥ* [2].
          E. S. donne la même leçon qu'elle glose ainsi : *Yadâ
                 ayam praçâsati praçâsti tadâ dattâḥ.*

---

[1] L'édition du Sud donne le composé duel *Kuçîlavau* pour un archaïsme et
corrige *Kuçalavau*. Voici d'ailleurs sa glose : *Kuçîlavau Kuçalavau; ikâraç chândasaḥ.* Dans l'édition de Bombay on rencontre bien plus souvent la première
forme que la seconde.

[2] Le présent ici est pour le passé, indiqué par l'enclitique *sma.* De plus
praçâsati est la troisième personne plurielle, de sorte que le *vikaraṇa a* (*çab*),
est irrégulier.

21, 22 :   *mumodeti parasmaipadam árṣam*, pour : *mumude.*
      E. S. : non signalé.

23, 6 :   *tapyatām tapatám; yak chándasaḥ* [1].
      E. S. : non signalé.

23, 8 :   *vasate vasati; tań chándasaḥ.*
      E. S. : non signalé.

27, 15, *b* :   *dadmíty árṣam.* Il faut : *dadámi.*
      E. S. 14, *d* : non signalé.

33, 12 :   texte : *paryupásate.*
        glose : *paryupásata iti çabalug árṣaḥ* [2], pour
          paryupáste.
      E. S. : non signalé.

38, 10 :   *icchávahe icchávaḥ;* sans mention d'irrégularité.
      E. S. : ni correction, ni indication.

39, 14, *b* :   *anugacchathánveṣayata; thasya tádeçábháva ár-*
          ṣatvát [3].
    E. S., 13, *d* : *anugacchata.*

40, 11 :   texte : *nivartata.*
        glose : *nivartadhvam ity arthe árṣam etat.*
   E. S., 10 : *nivartatha.* L'indicatif actif au lieu de l'impératif
         moyen : double irrégularité non signalée.

41, 25 :   *adhyagacchateti tań árṣaḥ*, pour *adhyagacchat.*
      E. S. : non signalé.

43, 9 :   *ababhramat*, pour *abambhramat.*
        glose : *árṣatvát sanvaditvam na* [4].
    E. S. glose ainsi cette expression qu'elle donne correcte
         punaḥ punar abhramat.

61, 19 :   *rakṣye.*
        glose : *rakṣiṣyámíty arthe rakṣye ity árṣam.*
    E. S., 18 : *rakṣe*, sans glose.

62, 22 :   *gacchávahe ity árṣaṣ tań*, pour : *gacchávahui.*
      E. S. : non signalé.

72, 15, *d* :   *ásyatám ity árṣam paripálayetám ity arthakam* [5].
    E. S., 16, *b* : donne *ásátám*, sans glose.

---

[1] *yak* est l'exposant de *ya*, indice du passif.

[2] La non-suppression du vikaraṇa *a* est un archaïsme.

[3] C'est en vertu d'un archaïsme que *tha* est substitué à *ta.*

[4] Cf. Páṇini, 6, 1, 9.

[5] La forme thématique de ce verbe est védique.

II, 4, 21 :   *vakṣyantc.*
             glose : *vadantîty arthe ârṣam* [1].
      E. S. : non signalé.

23, 40 :   *bravîhîty ârṣam ît* [2], pour : *brûhi.*
      .E. S. : non signalé.

32, 41 :   *jijñâsitum icchatâ mayâ.*
             glose : *jijñâsitum jñâtum ; svârthe sann ârṣaḥ.*
             Le désidératif après le verbe «désirer» constitue
                 un pléonasme irrégulier
      E. S. : non signalé.

34, 31 :   *gacchasvety ârṣam,* pour : *gaccha.*
      E. S. : non signalé.

47, 4 :   *paçyâmaha iti tañ ârṣaḥ* [3].
             pour *paçyâmaḥ.*
      E. S. : non signalé.

48, 4 :   *na câhṛṣyan na câmodan vaṇijaḥ.*
             glose : *parasmaipadam ârṣam* [4].
      E. S. : non signalé.

52, 38 :   *brûyâḥ* [5].
             glose : *brûyâ brûyâm ; chândasam etat.*
      E. S. : *brûyâm.*

55, 30 :   *ânayâmâsa.*
             glose : *ânayâmâsety âninya ity artha ârṣam.*
      E. S., 31 : non signalé.

---

[1] Le futur pour le présent est archaïque, d'après la glose. Il s'agit de la prédiction d'un événement qui devait avoir lieu le lendemain du jour où les astrologues l'annonçaient. Voici dès lors la traduction de ce çloka : «Aujourd'hui la lune entre dans la constellation de Punarvasu qui précède Puṣya. Les astrologues *annoncent,* pour demain sans faute, la conjonction de Puṣya.»
Peut-être aussi le verbe *vadati* est-il ici plus exact que *vacati,* puisqu'il s'agit d'une proclamation solennelle.

[2] Cf. Pâṇini, 7, 3, 93.

[3] La glose ajoute : *he iti sambodhanaṃ vâ parasparam* : A moins qu'il ne s'agisse de l'interjection Hé ! pour s'exciter l'un l'autre (Hé ! ne voyons-nous pas Râma?).

[4] La glose explique la différence entre ces deux verbes : *harṣaḥ çârîro mukhavikâsâdirûpah ; moda ântaro harṣaḥ.*

[5] Le visarga doit être une faute d'impression; aussi bien la glose a lu *brûyâ.*

61, 25 :   *tvaṃ mama naivâsi Râmaç ca vanam âhitaḥ.*

        glose : *tvaṃ mama nâsy eva, sapatnîvaçatvât.*

        « Mâsti » iti pâṭha ârṣatvaṃ bodhyam.

    E. S. :   *tvaṃ caiva me nâsti Râmaç ca vanam âçritaḥ.*

        glose : *nâsti nâsi; vibhaktipratirûpakam avy-*

            ayam [1].

79, 9 :   *ânayiṣyâmi; iḍ ârṣaḥ, pour : ânesyâmi.*

    E. S. : non signalé.

107, 9 :   *bhavân . . . kartum arhasi râjendra.*

        glose : *arhasîty ârṣam. « Arhati » iti pâṭhântaram;*

        Ata eva sambodhanam [2].

    E. S. : *bhavân . . . kartum arhati râjendra.*

107, 10 :   *trâhîty ârṣam.* Pour *trâsva.*

      E. S. donne *pitaraṃ câpi,* au lieu de *pitaraṃ trâhi.*

111, 25 :   *nânuçâsâmi nânuçiṣṭavân; çab ârṣaḥ,* pour : *nânu-*

        çâsmi.

    E. S. : non signalé.

III , 9, 2 :   *prâpyate prâpnoti; chândasah çyan* [3].

    E. S. : non signalé.

10, 7, *a* :   *abhyavapadya.*

        glose : *abhyavapadyânugṛhâṇeti mâm ûcuḥ; padyu-*

        ter ârṣaṃ parasmaipadam, pour : abhyavapa-

        dyasva.

    E. S., *c,* se borne à traduire ce mot comme l'édition de

        Bombay, sans corriger ni même indiquer l'*ârṣa.*

10, 9, *c* :   *kiṃ karomi.*

        glose : *kiṃ karavânîty arthaḥ; loḍarthe laḍ âr-*

        ṣaḥ [4].

    E. S., 10, *a* : non signalé.

---

[1] *Asti* peut à la rigueur s'expliquer en lui donnant Râma pour sujet; toutefois cette explication n'est admise par aucune des deux gloses. L'édition de Bombay corrige même le texte, on le voit.

[2] La glose estime incorrect de parler à un prince autrement qu'à la troisième personne. Du reste le *bhavân* qui précède justifie cette observation. Ainsi l'a compris l'édition du Sud qui cependant au çloka suivant emploie, elle aussi, la deuxième personne de l'impératif, en parlant au même Bharata; mais il n'y a plus de *bhavân.*

[3] Le passif (*çyan*) est védique ici.

[4] Dans le sens de l'impératif *loṭ,* l'emploi du présent *laṭ* est défectueux

13, 17 :   *brûmi bravîmi*, sans autre observation.

     E. S., 19 : sans indication.

. 26, 25, *d* :   *hanadhvam ity ârṣam*, pour : *hadhvam*.

     E. S., *b* : non signalé.

38, 16 :   *âjagâmâçramântaram.*

        Après un assez copieux commentaire de ce texte, le glossateur conclut : *ârṣo vâ liṭ* [1].

     E. S. : *âjagâma tadâçramam.*

56, 5 :   *çayitâ.*

        glose : *çayanakartâ; mṛto'bhûr iti çeṣaḥ; iḍ ârṣaḥ.*

     E. S. : non signalé.

68, 27 :   *didhakṣyâmi.*

        glose : *dagdhum icchâmi…çyan ârṣaḥ;* l'*y* est archaïque.

     E. S. : *didhakṣâmi.*

IV, 7, 14 :   *brûmi.*

        La glose corrige : *bravimi*, sans observation.

     E. S. : non signalé.

7, 24 :   *ubhau…..abhâṣatâm.*

        glose : *abhâṣetâm*, sans observation [2].

     E. S. : *ubhau…prabhâṣatâm*, sans glose.

10, 18 :   *pratîkṣa pratîkṣasva.*

     E. S. : *pratîkṣa*, sans glose.

11, 70 :   *vivyâtha pîḍitavân, ârṣaṃ parasmaipadam…*

        «*vivyâdha*» *iti pâṭhântaram; tulyo 'rthaḥ.*

     E. S. : *vivyâdha.*

22, 22 :   *gaccher mâ, mâ gaccha*, sans autre observation.

     E. S. : *gaccher mâ*, sans glose.

58, 6 :   *châdayâm âsa*, pour : *channavân.*

        glose : *aparokṣe 'pi liḍ uttama ârṣaḥ* [3].

     E. S. : non signalé.

---

[1] Voici la glose : *âjagâmety uttamapuruṣaḥ. Atra parokṣyârthakaliṭâ daivapâravaçyâd evâham âgato na tu tad âgamanaṃ mama pratyakṣam iti dhvanayati. Yad vâ bahukâlikatvena vismṛtatvâd vâ tattvâropaḥ, ârṣo vâ liṭ.* Vide *infra*, note 3.

[2] La glose, on le voit, propose le moyen au lieu de l'actif, comme dans le passage ci-après.

[3] Quand il ne s'agit pas de la règle *parokṣa liṭ* (Pâṇini, 3, 2, 115-119) l'emploi du parfait à la première personne est archaïque. Vide *infra*, VII, 77, 3 et 8.

V, 1, 149 : *nátivarten mâm kaçcid.*

glose : *kaçcid api mâm nátivartet; ...parasmai-*
padam árṣam. L'actif est irrégulier.

E. S., 157 : non signalé [1].

2, 54 : *uttiṣṭhate ársas taṅ,* sans autre indication.

E. S., 57 : *uttiṣṭhate ávirbhavati sma* [2].

67, 13 : *sa tvam...cikṣepa.*

glose : *cikṣepa, cikṣepitha; árṣaḥ prayogaḥ.*

L'irrégularité consiste dans l'accord du verbe
avec *sa,* non avec *tvam.* «Celui-là, c'était toi,
jeta, etc.»

E. S. : *kṣiptavâms tvam.*

VI, 21, 10 : *niçás tisro'bhijagmatuḥ.*

La glose corrige : *abhijagmuḥ,* sans mentionner
l'irrégularité de ce duel pour un pluriel.

E. S. : *aticakramuḥ.*

21, 11 : *upásata tadá Rámaḥ.*

La glose rectifie : *upásta,* sans ajouter, comme
précédemment, en pareille circonstance :
çabalug ârṣam.

E. S. : ni signalé, ni corrigé.

22, 6 : *rodasí sampaphâleva,* pour : *sampaphâlatur iva.*

glose : *viçaçaratur iva ekavacanam árṣam.*

Le singulier au lieu du duel est un archaïsme [3].

E. S. : *bhinne iva,* dit la glose, sans rien ajouter.

22, 50 : *haripûmgavâḥ.....utpetatuḥ.*

glose : *utpetuḥ,* sans indication d'archaïsme.

E. S., 53 : *abhipetuḥ.*

34, 9 : *tarjâpayati mâm nityam bhartsâpayati ca.*

---

[1] On remarquera l'écart du numérotage des çlokas pour les deux éditions.
Ici, l'édition du Sud signale une interpolation de dix çlokas qu'elle numérote
à part et met entre crochets.

[2] Le *sma* de la glose de l'édition du Sûd, comme d'ailleurs le contexte,
indique qu'il s'agit du passé, non du présent. L'irrégularité relevée par l'édition de Bombay consiste donc dans ce changement de temps.

[3] *Rodasí* est donné par le poète pour un féminin *singulier,* intentionnelle-
ment ou par distraction.

glose : *tarjabhartsábhyám « tat karoti », iti nici pug árṣaḥ* [1].

E. S. : non signalé.

48, 16 :   *Rághavau pratyapadyata.*

glose : *pratyapadyetám ekavacanam árṣam* [2].

E. S. : *pratyapadyatám.*

53, 15 :   *vyáharanta vyáharan,* sans indication d'*árṣa.*

E. S. : *vyáharanti* [3].

89, 19, *a* :   *ghnatety árṣam.* Il faut : *hata.*

E. S., 90, 18, *e* : non signalé.

92, 25 :   *saṃstambhayiṣuḥ.*

glose : *pratiṣṭhápayitum icchuḥ... dvitvábháva árṣaḥ.* Le non-redoublement est archaïque; il faut : *saṃtastambhayiṣuḥ.*

E. S., 93, 27 : non signalé.

101, 6 :   *lajjativeti parasmaipadam árṣam,* pour : *lajjate.*

E. S., 102, 6 : non signalé.

128, 67, *d* :   *samayokṣyata.*

glose : *samyuktaḥ kṛtaḥ; ...árṣo laṅ* [4].

E. S., 131, 64, *d* : non signalé [5].

VII, 6, 44 :   *jighámsámaḥ.* Désidératif archaïque.

glose : *svárthe san árṣaḥ; hanma ity arthaḥ.*

E. S. : non signalé.

10, 32, *b* :   *pálaye;* la glose corrige : *pálayeyam,* sans observation.

E. S., *d* : non signalé.

18, 12 :   *bhásase;* la glose rectifie *bhásase,* sans observation.

E. S., 13 : *bhásase.*

---

[1] Ràvaṇa injurie et maltraite en personne, et non par intermédiaire; d'où l'irrégularité du causal, suivant le commentateur.

[2] On expliquerait ce singulier au lieu du duel en supposant que le poète avait surtout Ràma présent à l'esprit.

[3] Nous avons ici affaire à l'imparfait moyen dans le texte de Bombay, à un imparfait actif dans la glose, enfin à un indicatif, voix active, dans le texte de l'édition du Sud.

[4] Imparfait (*laṅ*) archaïque.

[5] Le vers soixante-quatrième de l'édition du Sud est suivi de quatre autres numérotés à part (1, 2, 3, 4), puis vient le soixante-cinquième qui a six pàdas.

31, 28, *d* :   *candráyati*, pour : *candráyate.*

glose : *candra ivâcarati; árṣaṃ parasmaipadam.*

E. S., *b* : non signalé.

32, 18 :   *kríḍápayati; kríḍayati; puġ árṣaḥ.*
Causal archaïque.

E. S. : non signalé.

40, 17 :   «*vatsyantu*» *iti páṭhe, vasantv ity arthaḥ; árṣaḥ syaḥ.* Futur impératif védique.

E. S., 16 : *vatsyanti* [1].

58, 20 :   *na máṃ tvam avajániṣc.*

glose : *máṃ tvaṃ na jániṣe, na jánási; avaprayogo dhátvarthamátre árṣaḥ.*

L'adjonction d'*ava*, pour exprimer simplement le sens de la racine, est archaïque.

E. S. : non signalé.

63, 2 :   *vidma;* la glose corrige : *vedmi,* sans observation.

E. S. : même texte. Glose : *vcdmity arthaḥ.*

76, 27 :   texte : *jívápita.*

glose : *jivanaṃ prápitaḥ; puġ árṣaḥ* [2].

E. S. : non signalé.

77, 3 :   (*ahaṃ*)*na çaçáka ha.*

glose : *na çaktaván; aparokṣe liḍ árṣaḥ* [3].

E. S. : non signalé.

77, 8 :   *saras tad* (*aham*) *upacakrame.*

glose : *tat saro gantum upacakrame; aparokṣc liḍ árṣaḥ.* Il faut : *upakrántaván.*

E. S. : non signalé.

77, 14, *a* :   glose: *dodhûyur iti yañlug antasya,* sans autre observation.

E. S., *c* : sans observation.

78, 20 :   glose : *kurmi karomi,* sans observation.

E. S., 21 : pas de glose.

---

[1] L'indicatif futur, au lieu de l'impératif.

[2] Böhtlingk, premier supplément, art. *jiv,* fait suivre d'un point d'exclamation ce prétendu archaïsme. Il écrit, en effet, en reproduisant la glose : *puġ árṣah* (!).

[3] Cf. *supra,* p. 22, note 3.

82, 20 :   *çabdápayata*... *bahuvacanam ár̥ṣam*, il faut : *çab-*
              dápaya.
        E. S. : non signalé.

III. Infinitifs. Gérondifs. Participes.

I, 22, 7 :   *çobhayánau*... *muç abháva ár̥ṣaḥ*, pour : *çobha-*
                  yamánau.
          E. S. : non signalé.
   27, 1 :   *uṣyety ár̥ṣam.* Il faut : *uṣtvá* ou *uṣitvá.*
          E. S. : non signalé.
   28, 1 :   glose : *gacchan gamiṣyan*, sans observation.
          E. S. : sans glose.
   30, 19 :   glose : *dr̥çya dr̥ṣtvá*, sans mention d'irrégula-
                   rité.
          E. S., 18 : non signalé.
   48, 9 :   glose : *uṣyoṣitvá ár̥ṣam etat.*
          E. S. : non signalé.
   48, 11 :   glose : *dr̥çya dr̥ṣtvá*, sans indication d'*ár̥ṣa.*
          E. S. : non signalé.
   49, 6 :   *grhya grhítvá*, sans autre indication.
          E. S. : non signalé [1].
   62, 2 :   glose : *viçramamánasyeti viçrámata ity arthe ár̥ṣam.*
                   Le participe moyen pour l'actif est irrégulier.
          E. S. : non signalé.
   75, 2 :   glose : *grhya grhítvá*, sans observation.
          E. S. : non signalé.
   76, 22 :   glose : *dr̥çya dr̥ṣtvá*, sans observation.
          E. S. : non signalé.

II, 3, 30, *b* :   glose : *paçyamána ity ár̥ṣaṃ*, pour : *paçyan.*
          E. S., 29, *d* : non signalé.
     3, 34, *a* :   glose : *grhya grhítvá*, sans indication d'*ár̥ṣa.*
          E. S. 23, *c* : *grhyáñjalau.*
                   glose : *añjalau grhya añjaliṃ pragrhya;* sans signa-
                   ler l'*ár̥ṣa.*

---

[1] Entre les vers 5 et 6, l'édition du Sud en intercale un entre crochets,
comme s'il était interpolé. L'édition de Bombay l'ignore.

15 , 1 : glose : *uṣyoṣitvá*, sans autre indication.

     E. S. : non signalé.

16 , 21 : *abhidadhyuṣ . . . . abhidhyáyanti*, sans observation.

     E. S. : sans glose.

25 , 33 : *prárthayánasya*, pour : *prárthayamánasya*.

     glose : *árṣatván muṛabhávaḥ*.

     E. S. : ni correction, ni indication d'*árṣa*.

32 , 8 : . *ṛacchatí numabháva árṣaḥ*, pour : *ṛacchanti*.

     E. S. : ni corrigé, ni signalé.

35 , 1 : *kaṭakaṭáyya*, pour : *kaṭakaṭáyitvá*.

     glose : *kaṭakaṭáçabdavataḥ(dantán) kṛtvá* [1], sans indication d'*árṣa*.

     E. S. : non signalé.

63 , 13 : *çabdavedhyam . çabdavedhitvam ity arthe árṣam*.

     E. S. donne le texte : *çabdavedhyamayaṃ phalam*, au lieu de : *çabdavedhyam idaṃ phalam*.

     glose : *çabdavedhyahetukam*.

63 , 22 : *púryataḥ*, pour : *púryamánasya*.

     glose : *çatrantatvam árṣam*.

     E. S. : non signalé.

63 , 34 , *d* : *vilapataḥ*.

     la glose donne une variante : *lálapyataḥ;* elle ajoute : *iti páṭhe tu yaṅ antácchatá árṣaḥ* [2].

     E. S., *b* : *lálapataḥ*, sans glose.

97 , 12 : *ruṣya*.

     glose : *tad viṣayaroṣam kṛtvety arthaḥ*, sans autre observation. Il faut : *ruṣṭvá*.

     E. S. : non signalé.

106 , 5 : *viṣíditum ity árṣam; viṣattum ity arthaḥ*.

     E. S. : non signalé.

114 , 4 : *alpoṣṇakṣubdhasalilám . . . nadim*.

---

[1] «Il faisait faire à ses dents le bruit *kaṭakaṭá*.» Böhtlingk corrige : *kaṭakaṭápya*. Dans son premier supplément, il maintient le texte : *kaṭaka-ṭáyya*, en observant : «liest die Ed. Bomb. *kaṭakaṭáyya;* man streiche demnach *kaṭakaṭápay*. Vgl. *kiṭakiṭáy*.»

On retrouvera la même expression ci-dessous (VI, 80, 1, et VII, 69, 2).

[2] Cf. Pâṇ.: *cha*, et Râmây. : VII, 8, 23, glose. L'intensif de la variante est archaïque; le glossateur rétablit ce qu'il considère comme le vrai texte.

glose : *kṣubdhety árṣam.* Sans doute le glossateur préfère la forme : *kṣubhita* [1].

E. S. : non signalé.

III, 24, 13 : *pratikûlitum icchámi na hi vákyam idaṃ tvayá.*
glose : *vákyaṃ mayocyamânaṃ tvayá pratikûlitum viparitaṃ kartuṃ necchámi; bhinnakartṛke tumun árṣaḥ* [2].

E. S. : *pratikûlitum.*
glose purement explicative : *viparitaṃ kartum.*

IV, 15, 22 : *na cecchámy abhyasûyitum.*
glose : *tvayábhyasûyituṃ necchámi.... árṣatvád asamánakartṛtve 'pi tumun* [3].

E. S. : non signalé.

30, 14 : *cañcûrya.*
glose : *bhrátṛduḥkhena garhitaṃ caritvá. Yaṅlug-antád árṣo 'samáse lyap* [4].
Il faut : *cañcûritvá.*

E. S. : *cañcûrya.*
glose : *kuṭilaṃ caritvá;* sans indication d'*árṣa.*

46, 16 : *parikályamánaḥ.*
glose : *parikálayamánaḥ; paláyamána ity arthaḥ; akáralopa árṣaḥ.*

E. S. : *parikálayamánaḥ.*

54, 13 : *iṣatkáryam: iṣatkaram... khalabháva árṣaḥ.*

E. S. : non signalé.

59, 1 : *vadata ity atra numabháva árṣaḥ.*
Il faut : *vadantaḥ.*

E. S. : *muditáḥ.*

V, 7, 16 : glose : *adṛçyádṛṣṭvá... árṣo lyap.*
E. S. corrige *adṛçya* par *adṛṣṭvá,* sans mentionner autrement l'irrégularité.

---

[1] Böhthlingk dit : *kṣubdha* (selten) und *kṣubhita.*
[2] L'infinitif est ici un archaïsme parce qu'il n'a point pour sujet celui du verbe principal : «*Je* ne veux pas que *tu* enfreignes mon ordre.»
[3] «*Je* ne veux pas que *cela* te fasse murmurer.»
[4] La finale *ya* dans un verbe simple est un archaïsme.

35, 64 :　　　　*etad ákhyátum icchámi bhavadbhih.*

　　　　　　glose : *ákhyátum ity asamánakartrke 'pi tumunn árṣah* [1].

　　　E. S. : non signalé.

35, 8o, *f* :　　　*uddharan.*

　　　　　　glose : *uddhrtaván avadhíd ity arthah; bhûte 'pi laṭah ṣat árṣah.*

　　　　　　L'emploi du présent pour le passé est irrégulier.

　　E. S., 81, *d* : *uddharat.*

　　　　　　La glose explique *uddharat* par *avadhít,* sans même signaler l'absence d'augment, *uddharat* étant ici pour *udaharat.*

38, 42 :　　　　*pratisamíhitum.*

　　　　　　glose : «*pratisamádhitum*» *iti páṭhántaram; tatrárṣatvam ṣaraṇam.* Césure irrégulière [2].

　　E. S., 44 : *pratisamádhitum,* sans observation.

47, 35 :　　　　*grhya iva.*

　　　　　　glose : *asamdhilyapáv árṣau; grhítvety arthah.*
　　　　　　Double archaïsme. Il fallait : *grhítveva.*

　　　E. S. : non signalé.

58, 153, *d* :　　*hánantah,* pour *ghnantah.*

　　　　　　glose : *árṣam etat.*

　　E. S., 151, *b* : *nighnantah.*

VI, 4, 69, *c* :　　*pramokṣayiṣavah.*

　　　　　　glose : *mokṣaçabdát* «*tat karoti*» *iti, ṇau sany árṣe 'bhyásalope upratyaye ca rúpam; pramocayitum icchávanta ity arthah* [3].

　　　　　　Il faudrait : *pramumocayiṣavah.*

　　E. S., 71, *c* : non signalé.

34, 13 :　　　　*grhya.* Pour *grhítvá.*

　　　　　　la glose ne signale ni ne corrige l'irrégularité.

　　E. S. : sans indication.

[1] «*Je* désire que *vous* racontiez cela.»

[2] Dans le çloka, tout pâda pair, le 2ᵉ et le 4ᵉ par conséquent, doit se terminer par deux ïambes.

[3] Le désidératif causal sans redoublement est irrégulier.

55, 13, *a* :   *acintyety ârṣam*, sans autre observation ; pour :
                 acintayitvâ.

    E. S., 12, *c* : non signalé.

58, 51 :   *acintya.*
                 glose : *acintayitvâ*, sans indication d'archaïsme.

    E. S. : non signalé.

65, 3o :   *âbadhyamânaḥ.*
                 glose : *âbaghnan, ârṣo vikaraṇavyatyayaḥ.* Le
                 part. passif pour l'actif est un archaïsme.

    E. S. : non signalé.

71, 46 :   *smayitvâ.*
                 glose : *smayitvânâdṛtya «ṣmiñ anâdare» iḍârṣaḥ* [1].

    E. S. : non signalé.

73, 10 :   glose : *saṃharṣamânâ ity ârṣam; hṛṣyamânâ ity
                 arthaḥ.*

    E. S. : non signalé.

80, 1 :   glose : *kaṭakaṭâyyety ârṣo lyap*, pour : *kaṭakaṭâyitvâ.*

    E. S. : *dantân kaṭakaṭâpayan.*

90, 4 :   glose : *stunvâna ity ârṣam; stuvann ity arthaḥ.*

    E. S., 91, 4 : texte : *stuvâna*, sans glose.

123, 3ᵥ :   glose : *gṛhya gṛhîtvâ*, sans indication d'*ârṣa.*

    E. S. 126 : non signalé.

VII, 4, 12 :   *bhuñkṣitâbhuñkṣitaiḥ.*
                 glose : *bubhukṣitâbubhukṣitair asya sthâne bhuñksi-
                 tâbhuñkṣitair ârṣam abhyâsalopânusvârâbhy -
                 âm* [2].

    E. S. : *bhuñkṣitâbhuñkṣitaiḥ.*
                 glose : *bubhukṣitâbubhukṣitaiḥ*, sans mention d'*âr-
                 sa.*

5, 14, *e* :   *prabhaviṣṇvaḥ.*
                 glose : *yaṇ ârṣaḥ*, sans correction.

    E. S., 15, *a* : *prabhaviṣṇvaḥ.*
                 glose : *prabhaviṣṇavaḥ*, sans indication d'*ârṣa.*

---

[1] Böhtlingk remarque l'emploi du causal, pour exprimer, comme ici, un sourire méprisant et dédaigneux. La glose l'indique, en donnant comme archaïque, dans ce cas, le gérondif *smitvâ.*

[2] La suppression du redoublement et l'anusvâra constituent un double archaïsme.

5, 45 : praçamaṃkaráḥ.

glose : *ity ârṣaḥ khac ;* pour : *práçamayan.*

E. S., 46 : non signalé.

8, 19 : *dṛçya dṛṣṭvâ,* non signalé comme *ârṣa.*

E. S. : ni corrigé, ni signalé.

20, 21 : *sudurgamyaḥ.*

glose : *sudurgamah ; yadârṣaḥ.*

Le *y* est archaïque.

E. S. : non signalé.

36, 44 : *dhárayan aprameya iti nuḍabhâva árṣaḥ.*

Il faut : *dhárayann aprameya.*

E. S., 46 : *dhárayan aprameya iti cchedaḥ ;* sans autre observation.

47, 4 : *vacanîkṛtaḥ,* pour : *vacanîyakṛtaḥ.*

glose : *yalopa árṣaḥ ; vacanîyo nindyaḥ kṛtaḥ.*

E. S. : non signalé.

MÉTRIQUE.

I. Longues anormales.

I, 18, 50, *d* : *anúdake ity árṣaṃ dîrghatvam.*
il faut : *anudake.*

E. S., 51, *b* : non signalé.

21, 17 : *durâkrâmân.*

glose : *dîrgha árṣaḥ ; durâkramân amoghân.*

E. S. : non signalé.

32, 21 : *avamanya.*

glose : *«návamanya» iti páthas tu kvacit ko 'papá-
ṭhaḥ ; tathâ páṭhena iti cchedah ; chândasaṃ
dîrghatvam. No 'smâkaṃ sa kâlo mâ bhûd ity
anvayaḥ ; kvacit tu «no 'vamanyasva» iti páṭhaḥ ;
ata eva : «mâ bhût sa kâlo yadvâ no pitaṛaṃ
satyavâdinam kâmataḥ samatikramya varayema
svayaṃ varam.» Ity etadarthavivaraṇaçloko
dṛçyate kvacit* [1]*«.*

______

[1] Le glossateur donne la variante *návamanya* pour fautive, tandis qu'il
admet comme légitime cette autre leçon *no 'vamanyasva* qui respecte du moins

E. S., 20 : *návamanyasva.* Pas de glose.

42, 1 :   *prakṛtijanáḥ;* il faut : *prakṛtijanáḥ.*

      glose : *amatyavargáḥ, dírghaç chándasáḥ.*

    E. S. signale le védisme sans le corriger non plus.

57, 16 :   *mahátmánaḥ* (à l'accusatif pluriel).

      glose : *mahátmana iti dvitiyárthe, mahátmána ity*

            árṣam.

    E. S. : non signalé.

72, 12 :   *catasṛ̂ṇám iti dírghatvam árṣam* [1].

    E. S. : *catasṛ̂ṇám.*

      glose : *chandasy ubhayatheti pakṣe dírghaḥ.*

II, 7, 26 :   *kálye.*

      glose : *kálye 'nyatropasaṃkramaṇakálárhe;* « *kau-*

         lye » *iti páṭhaḥ kulakramágata ity arthe*

         árṣaḥ [2].

    E. S. : *kálye.*

32, 21, c :   *mekhalinám,* pour : *mekhalinám.*

      glose : *dírgha árṣaḥ.*

    E. S., a : *mekhalinám.*

      glose : *árṣo dírghaḥ.*

63, 26, d :   *udáhára ity atra dírgha árṣaḥ.*

      Il faut : *udáháraḥ.*

    E. S., b : non signalé.

78, 7 :   *rajjubhir iva Vánarî.*

      glose : *Vánarî kurûpatvát; atra gurulaghuprayuktaç*

        chandobhañga árṣaḥ [3].

    E. S. : *rajjubaddheva Vánarî.* Sans glose.

les lois du saṃdhi ou de la césure, mais alors le sens est modifié. Cette leçon, adoptée par l'édition du Sud, ne paraît pas acceptable, car elle forme une sorte d'incise ou de parenthèse qui n'est guère admissible.

[1] D'après Whitney, n° 482, d, ce féminin pluriel serait plus régulier que la forme habituelle *catasṛṇám.*

[2] Une fois de plus, le glossateur, ou mieux ici, l'éditeur rétablit ce qu'il considère comme le vrai texte, la variante lui paraissant fautive.

[3] Après avoir dit que la bossue Mantharâ est qualifiée de guenon pour sa laideur, Râma, le glossateur, observe que la césure formée de longues et de brèves est ici archaïque, et il ajoute : *páṭhántare caḥ pádapûraṇe.* L'édition du Sud évite les quatre brèves de suite.

Sur l'expression *gurulaghu,* voir *infra,* VII, 35, 65.

III, 42, 22 : *viṭapinám iti dîrgha ársaç chando 'nurodhát.*
il faut : *viṭapinám* [1].

    E. S. : non signalé.

50, 22 : *vedaçrutim iva.*
glose : *vedaçrutim ; chándaso dirghah* [2].

    E. S., 21 : non signalé.

64, 23 : *tasyágamaḥ.*
glose : *tasyá ágama ity arthaḥ ; árṣo dir-ghaḥ* [3].

    E. S. : *syád ágamaḥ.*

73, 12, *a* : *saṃjátaválûkám iti dîrgha árṣah,* pour : *°válu-kám.*

    E. S., 11, *c* : non signalé [4].

IV, 6, 5 : *devaçrutim iva,* pour : *devaçrutim.*
glose : *dirgha árṣaḥ.*

    E. S. : *vedaçrutim iva.*
glose : *vedagirim iva,* sans mention d'*árṣa* [5].

25, 23, *a* : *citrapattibhiç citrapadátibhiḥ ; dîrgha árṣaḥ.*

    E. S., *c* : *citrapattibhiḥ.*
glose : *citralekhábhiḥ,* sans mention d'*árṣa.*

30, 39, *b* : *kareṇûriti ; dîrghatvam árṣam,* pour : *kareṇuḥ.*

    E. S., 40, *b* : *kareṇvaḥ.*

V, 3, 6 : *yathá cápy amarávatím.*
glose : *caṇḍamárutánám parivahádinám çabdo yas-yám tádṛçîm amarávatîm iva sthithám ; atrámaráḥ santy asyám ity amarávatî dyauḥ. Asaṃjñáyám api «matau bahvacaḥ» ity árṣo dirghaḥ. Na*

---

[1] Longue archaïque pour le besoin du vers. Il fallait éviter trois brèves de suite (tribraque).

[2] Ici encore il semble bien que la voyelle ait été allongée pour le besoin du vers que doit terminer un double ïambe.

[3] J'ai signalé, à l'article « Saṃdhis irréguliers », cette singulière distraction de la glose. Cf. p. 8.

[4] L'édition du Sud ne relève pas l'anomalie de ce terme qu'elle explique de cette manière : *apañkatayá saṃhatasikatám :* comme il n'y avait pas de vase, le sable s'était accumulé.

[5] Cf. *supra,* note 1.

to ihendrapury Amarávatí; uktalakṣaṇábhávát;
Laṅkáyá uktadyusádṛçyaṃ ca sálaṃkára-Rá-
kṣasavattvád balavaddhoṣabáhulyác ceti Kata-
kaḥ [1].

E. S. : *yathendrasyámarávatím.*

15, 33, *a* :   *smṛtimiveti dírgha árṣaḥ*, pour : *smṛtim.*

E. S., 3₂, *c* : non signalé.

36, 2₁ :   *anûcita iti cchándaso dírghaḥ*, pour : *anucitaḥ.*

E. S. : *anûcitaḥ; dírghaç chándasaḥ.*

58, 34 :   *sádhu sádhv iti*, il faut : *sádhu sádhv iti.*
    glose : *atra dirgha árṣaḥ.*

E. S., 33, donne le même texte avec la glose identique :
dírghaç chándasaḥ.

VI, 71, 1₄ :   *rathacaktibhir iti dírgha árṣaḥ; rathásthábhiḥ çak-*
tibhir ity árthaḥ.

E. S. : non signalé.

74, 7₃ :   *oṣadhiçailam iti dirgha árṣaḥ*, pour : *oṣadhi-*
çailam.

E. S., 77 : non signalé.

80, 3₁ :   *vicakartatur ity árṣo guṇaḥ;* il faut : *vicakṛ-*
ntatuḥ.

E. S. : *vicakartatuḥ*, sans mention d'*árṣa.*

86, 2₁ :   · *çaktihastáç ca çaktibhiḥ.*
    glose : *çaktibhir ity atra dirgha árṣaḥ.*

E. S. : *çaktibhiḥ çaktihastáç ca.*

107, 5₁ :   *anûpamam iti dírgha árṣaḥ*, pour : *anupamam.*

E. S., 110. 2₃ : non signalé [2].

VII, 7, 4₉ :   *açanibhir iti dírgha árṣaḥ*, pour : *açanibhiḥ*

E. S. : non signalé.

[1] Il ressort de cette glose de Kataka qu'il ne s'agit point de comparer ici
Laṅkâ à la ville d'Indra, Amarâvatî, en dépit de l'édition du Sud, mais au
séjour des dieux en général, au ciel; et que, dans ce cas, la règle *matau bahvacaḥ*
(Pâṇ., 6, 3, 11₉), à cause de cette indétermination même, n'a pas son appli-
cation : d'où l'archaïsme. Par contre, on verra ailleurs (Râmâyaṇa, VII, 33, 4)
le glossateur relever une brève irrégulière dans l'expression : *Amaravatisaṃká-*
çám, car il s'agit bien alors de la ville d'Indra, Amaravati, qui est nommée
dans le même çloka. L'observation de Kataka est discutable.

[2] Ce çloka, dans l'édition du Sud, n'a que deux pâdas.

26, 17 :   *ṣadartukusumodbhavaiḥ*, pour : *ṣadṛtu°*.
                glose : *guṇa ârṣaḥ*.

   E. S. :   même texte.
                glose : *ṛkârasya guṇaç chândasaḥ* [1].

31, 41, c :   *tadgativaçam ity ârṣo dirghaḥ*. Pour : *°gati°*.

   E. S., a :   même texte avec la glose : *chândaso dirghaḥ*.

32, 65 :   *sadhv iti*.
                glose : *dirgha ârṣaḥ*.

   E. S. :   même texte, même glose.

35, 65 :   *Gandharvarṣiyakṣeti gurulaghubheda ârṣaḥ*.

   E. S. :   *Gandharvarṣiyakṣarâkṣasaiḥ* [2].

36, 8 :   *vakṣyâmi çrûyatâm iti guruvaisamyam ârṣam* [3].

   E. S. :   non signalé.

36, 46, c :   *praviviviṣor iva sâgarasya*, pour : *praviviviṣor
                iva*.
                glose : *pravi iti dirgha ârṣaḥ*.

   E. S., 49, a :   non signalé.

87, 21, a :   *strîbhûto 'sau na jagrâha*.
                glose : «*na ca jagrâha strîbhûtaḥ*» *iti pâṭhe guru-
                vaisamyam ârṣam* [4].

   E. S., 20, c :   *na ca jagrâha strîbhûtaḥ*, sans mention d'*ârṣa*.

98, 1 :   *sâdhu sâdhv iti*, pour : *sâdhu sâdhv iti*.
                glose : *dirgha ârṣaḥ* [5].

   E. S. :   non signalé.

107, 11 :   *prakṛtijanam ity atra dirgha ârṣaḥ*. Lire : *prakṛti-
                janam*.

   E. S. :   non signalé.

---

[1] L'édition du Sud emploie de préférence le terme *chândasaḥ*, et l'autre *ârṣaḥ*; j'aurais pu en faire plus tôt la remarque.

[2] Le texte de l'édition du Sud présente la demi-voyelle *r* au lieu de *ṛ*, et par là même indique l'archaïsme de l'autre leçon.

[3] Ces longues qui se suivent ainsi forment une dissonance archaïque. Cf. *infra*; *mi* est long par position.

[4] Ici encore le glossateur corrige le texte, ce qui d'ailleurs lui arrive bien rarement. L'édition du Sud maintient la leçon condamnée; *ha* long par position.

[5] Cette persistance à toujours écrire ainsi avec un *î* long semble dénoter une intention formelle. Cf. *supra*, V, 58, 34; VII, 32, 65.

II. Brèves anormales.

I,   2, 14 :   *kárunaveditvát samjáta karunatvát; hrasvaç chándasah* [1].

            E. S. : non signalé.

      16, 9 :   *putriyám iti hrasvaç chándasah; pour : putriyám.*

            E. S. : non signalé.

      18, 28, *d* :   *Lakṣmívardhana iti hrasva árṣah; pour : Lakṣmívardhana.*

            E. S. 29, *b* : non signalé [2].

      36, 27 :   *prabhavam iti cchándaso hrasvah... prabhávam ity arthah* [3].

            E. S. : non signalé.

      37, 6 :   *patniṣv iti hrasvatvam chándasam; il faut : patniṣu.*

            E. S. : non signalé [4].

      61, 3 :   *mahátmana iti mahátmána* (vocatif) *ity arthakam rṣisambodhanam adírghatvam árṣam.*

            E. S. : non signalé.

II, 8, 26 :   *sapatnivrddháv ity árṣo hrasvah, pour : sapatnivrddhau.*

            E. S. : non signalé.

      48, 12 :   *bahumañjaridhárinah, il faut : °mañjari°.*
                     glose : *bahvír mañjaríh... chándaso hrasvah.*

            E. S. : non signalé.

      50, 50 :   *anvajágrad ity árṣam; ajágaríd ity arthah.*

             E. S. : non signalé.

      53, 3 :   *atandribhyám.*
                     glose : *na vidyate tandri yayos tábhyám; idabhávo*

---

[1] D'après le glossateur il faut écrire *káruna°*, comme on a au çloka précédent *kárunyam.* Voir Böhtlingk, art. *kárunyam.*

[2] Il semble bien ici que cette brève anormale soit due à l'exigence du mètre. Voir *infra,* II, 91, 16.

[3] Il s'agit, en effet, non de l'origine (*prabhava*) de la Gaṅgâ, mais de sa puissance (*prabháva*).

[4] Ici encore, le mètre exige une brève.

hrasvatvam cârṣam ; kvacit tu «atandrábhyám»
ity eva páthaḥ [1].

E. S. : non signalé.

91, 16 : *Hahá.*

glose : *Háhaḥ (sic), chándováçád hrasvapáthaḥ* [2].

E. S. : non signalé.

III, 18, 2 : *sasapatnatá.*

glose : *saçatrutá ; patyur bháryántaram hi bháryán-*
tarasya çatrubhútam bhavati ; sapatnísáhityam
iti várthaḥ ; aguṇavacanatve 'py árṣaḥ puṃvad-
bhávaḥ [3] . . .

E. S. : non signalé.

23, 27, *d* : *puṇyakarmaṇaḥ.*

glose : *puṇyakarmáṇa ity arthe árṣaṃ.*

E. S., *b* : non signalé.

24, 20 : *puṇyakarmaṇaḥ.*

glose : *puṇyakarmáṇaḥ ; adirghatvam árṣaṃ.*

E. S. : non signalé.

29, 19 : *aprastave.*

glose : *aprastáve, ghañabháva árṣaḥ* [4].

E. S. : *aprastave.*

glose : *anavasare,* sans mention d'archaïsme.

39, 12 : *samnataparvaṇaḥ.*

glose : *adirghatvam árṣam.*

E. S., 11 : *samnataparvaṇaḥ.*

glose : *samnataparváṇaḥ* [5].

IV, 28, 23 : *baḷákapaṅktiḥ,* pour : *balákápaṅktiḥ.*

glose : *árṣo hrasvaḥ.*

E. S. : non signalé.

[1] Le sens de la glose m'échappe, *atandribhyám* me paraissant correct. Böhtlingk
(art. *atandrin*) cite ce passage sans relever l'archaïsme.

[2] «C'est le besoin du vers qui demande cette brève.»

[3] *Sapatnatá* que la glose traduit par *saçatrutá* exprime, en effet, une rivalité,
une hostilité quelconque, tandis que, pour signifier une rivalité entre femmes du
même mari, on se sert généralement des expressions *sapatnítva* ou *sápatnaka.*

[4] Cette expression se retrouve VI, 29, 8, sans mention d'archaïsme.

[5] La glose de Bombay signale l'archaïsme sans le corriger, et celle du Suu
le corrige sans le signaler.

44, 16 :   *hariṇám, pour : hariṇám.*
           glose : *dirghábháva árṣaḥ.*
    E. S. : même texte et même glose.

V, 3, 12 :   *Vasvokasárapratimám.*
           glose : *Vasvokasárálaká tat sadṛçim ; hrasva árṣaḥ.*
    E. S. : *Vasvokasárápratimám* [1].
8, 5 :   *maharddhinám, pour : maharddhinám.*
           dirghábhávaç chándasaḥ.
    E. S : non signalé.
14, 17 :   *vinirdhutáḥ.*
           glose : *vinirdhutá iti hrasva árṣa iti Katakas ; tad*
               vṛthá ; hrasvasyápi dhuñaḥ sattvát [2].
    E. S. donne comme texte : *sarve Máruteneva nirdhutáḥ ;*
           au lieu de : *sarve Márutena vinirdhutáḥ.* Aucune
           observation d'ailleurs.
14, 28 :   *jagati parvatam.*
           glose : *jagati loke... ; Tirthas tu : jagatiparva-*
               tam ity arthaḥ ; hrasva árṣaḥ ; mṛtparvatam iti
               yávad iti vyácakṣána upekṣya eva [3].
    E. S. : même texte, sans glose.
14, 33 :   *muktásikataçobhitám.*
           glose : *sikataçobhitám ity atra hrasva árṣaḥ ;* il
           faut : *°sikatá°.*
    E. S. : non signalé.
30, 44 :   *jagatipater iti hrasva árṣaḥ.*
           il faut : *jagatipateḥ.*
    E. S. : non signalé.
31, 3 :   *Lakṣmivardhana iti hrasva árṣaḥ ; pour : Lakṣmívar-*
             dhanaḥ.

---

[1] L'édition du Sud attribue cette ville à Indra : *Çakrapurí*, tandis que d'après Böhtlingk, qui cite ses références, elle appartiendrait à Kubera.

[2] Ráma observe que son confrère en glose, Kataka, qu'il cite souvent d'ailleurs, se trompe ici en signalant l'*u* bref de *dhu*, comme un archaïsme, attendu que, suivant lui, cette forme est aussi régulière que la forme *dhú.* Celle-ci est toutefois plus fréquente.

[3] D'après Tirtha, autre glossateur dont Ráma cite ici la leçon, il faut joindre ces deux mots par le samdhi. L'*i* bref deviendrait alors une incorrection et il faudrait écrire, comme il le fait : *jagatiparvatam* : «une montagne de terre», et non plus : «une montagne de la terre». Observation contestable. Voir ci-après.

E. S., 4 : non signalé.

32, 7 :   *yathoktakáram*, pour : *yathoktakáram*.
     glose : *chándaso hrasvah*.
  E. S. : non signalé.

47, 21 :   *samutsahenáçu*.
     glose : *samutsáhena, hrasva árṣaḥ*.
  E. S. : *samutpapátáçu*.

VI, 17, 27 :   *kṣamavatám*.
     glose : *kṣamávatám; hrasva árṣaḥ*.
  E. S., 24 : non signalé.

41, 10 :   *Lakṣmisampannam iti hrasva árṣaḥ*, pour: *Lakṣmí°*.
  E. S. : non signalé.

41, 96 :   *akṣauhiṇiçatam árṣo hrasvaḥ*, pour : *akṣauhiṇiçatam*.
  E. S., 95 : non signalé.

52, 24 :   *tantrimadhuram iti hrasva árṣaḥ*.
     lire : *tantrí°*.
  E. S. . non signalé.

61, 26 :   *jágraṇe*.
     glose : *jágaraṇe: guṇábháva árṣaḥ*.
  E. S., 27 : *jágare*.

75, 14, *b* :   *gṛhagṛdhnunám*, pour : *gṛhagṛdhnúnám*.
     glose : *gṛhastánám; dirghábháva árṣaḥ*.
  E. S., 13, *d* : *gṛhagardhinám*.

80, 5 :   *juhava*.
     glose : *juháva; vṛddhy abháva árṣaḥ*.
  E. S. : non signalé.

82, 24 :   *juhava*.
     glose : *juháva*, sans autre indication.
  E. S., 26 : non signalé.

84, 3 :   *dadṛçe*.
     glose : *dadarça;* sans observation.
  E. S. : *dadṛçe*. Sans glose.

126, 43, *b* :   *jñátinám ity atra dirghábháva árṣaḥ*, pour : *jñáti-*
     nám.
  E. S., 129, 43, *b* : non signalé.

VII, 19, 17 :   *vanápagaçatam*, pour : *vanápagáçatam*.
     glose : *vanam jalam tatpúrṇanadiçatam; árṣo hra-*
     svaḥ.

E. S. : même texte.

    glose : *vanápagánám araṇyanadínám çatam.* Sans autre observation.

23 , 23 :   *svadhabhojínám ity árṣo hrasvaḥ; svadhábhojínám.*

E. S. : non signalé.

33 , 4 :   *Amaravatísaṃkáçám.*

    glose : *árṣo hrasvaḥ;* pour : *Amaravatísaṃkáçám.*

E. S. : non signalé.

PÂDAS HYPERMÉTRIQUES.

III , 11 , 72 :   *abhivádaye tvá, Bhagavan.*

    glose : *abhivádaye tvcti páde navákṣratvam árṣam* Un pâda de neuf syllabes est archaïque.

E. S., 74 :   *abhivádaye tvám, Bhagavan,* sans indication d'archaïsme.

V, 4, 20, *c* et *d* :   *dhvajinaḥ patákinaç caiva dadarça vividháyudhán.*

    glose : *chandobhaṅga árṣaḥ* [1].

E. S., 19, *e* et *f* :   *dhvajin patákinaç caiva,* etc.

VI, 86, 14 :   *sa karmaṇy ananuṣṭhite.*

    glose : « *sa svakarmaṇi* » *iti páṭhe 'kṣarádhikyam árṣam* [2].

E. S. : *tat karmaṇy ananuṣṭhite.*

105, 10 :   *hiraṇyaretá divákaraḥ.*

    glose : *akṣarádhikyam árṣam.*

E. S., 107, 10 : non signalé.

VII, 5, 26, *c* :   *Amarávatiṃ samásadya.*

    glose : *navákṣarapádárṣí* [3].

E. S., 27, *a* : non signalé.

[1] Non seulement la coupe (*bhaṅga*) du vers est défectueuse, puisqu'elle tombe sur *cai* de *caiva,* mais ce pâda a une syllabe de trop. L'édition du Sud évite cette double faute en écrivant *dhvajin* sur un thème *dhvaji,* plus ou moins régulier.

[2] L'irrégularité ne se trouve que dans la variante qui compte une syllabe de trop, *sva.*

[3] Ce pâda a une syllabe de trop, *neuf* au lieu de huit.

21, 14, *a* :   *saṃtáryamáṇán Vaitaraṇím.*
        glose : *akṣarádhikyam árṣam.*
    E. S., *c* : non signalé.

111, 11 :   *kṛtaván Pracetasaḥ putraḥ.*
        glose : *akṣarádhikyam árṣatvát.*
    E. S., 10 : non signalé [1].

GENRES ET NOMBRES IRRÉGULIERS.

———

I. Genres.

I. 2, 6 :   *valkalam.*
        glose : « *valkalú* » *iti páṭhe chándasaṃ stritvam.*
        « *Valkalam astriyám* » *iti Nighaṇṭuḥ* [2].
    E. S. : *valkalam*, sans glose.

2, 9 :   *mithunaṃ carantam anapáyinam.*
        glose : *carantam anapáyinam ity árṣaṃ;* pour :
        carad anapáyin [3].
    E. S. : non signalé.

10, 15 :   *áçramapadaḥ;* pour : *°padam.*
        glose : *árṣaṃ puṃstvam.*
    E. S. : sans indication d'*árṣa.*

45, 19 :   *vamanta iti puṃstvam árṣam;* pour : *vamanti (çi-*
        ráṃsi).
    E. S., 1 : *vamanti* [4].

71, 24 :   *Phalgunyám uttare;* pour : *uttaráyám.*
        glose : *uttare iti puṃstvam árṣam.*
    E. S. : non signalé.

---

[1] L'édition Sud compte 25 çlokas dans ce sarga, le dernier de l'Uttarakáṇda, tandis que l'autre n'en a que onze.

[2] Ici encore Ráma corrige le texte, en s'autorisant cette fois du glossaire védique Nighaṇṭu.

[3] Le terme *mithuna* est aussi du masculin, ce que la glose semble oublier.

[4] Tandis que l'édition de Bombay donne à ce sarga 45 çlokas, une fois comptés, l'édition du Sud recommence le numérotage après le dix-huitième çloka, et poursuit jusqu'au trente-deuxième inclusivement. Le passage signalé ici se rencontre au premier çloka de la seconde série.

II, 94, 18 : [*Sítá*] *paçyanti vividhán bhaván manovákkáyasam-matán.*

glose : *manovákkáyasammatáns tatpriyán varṇane vákpriyatá; bháváḥ padártháḥ.* «*Samyatá*» *iti páṭhe samyañniyamitakaraṇatrayety arthaḥ.* «*Samyatáḥ*» *iti bahuvacanántapáṭhe bhaván ity asya viçeṣaṇam; liṅgavyatyaya ársa iti Tírthaḥ. Tatra na kaṃcid yuktam arthaṃ paçyámaḥ* [1].

E. S. : …*samyatán*, sans glose.

100, 59 : [*prajánáṃ*] *yáni… patanti açrúṇi.*

glose : … «*pádanyásáni*», *iti páṭhántaram, tadá jáyante : iti çeṣaḥ; árṣaṃ na puṃsakatvam* [2].

E. S., 60 : *yáni… patanty asráṇi.*

III, 23, 15, *b* : *váçyanto babhúvus tatra sárikáḥ.*

glose : *árṣam* [3].

E. S., 14, *c* : *váçyantyaḥ.*

55, 11 : *bhúmibhágánity árṣaṃ klibatvam;* il faut : °*bhágán,* à l'accusatif pluriel masculin.

E. S. : non signalé.

66, 11 : *sarvabhútáni dehinaḥ.*

glose : *sarvabhútáni dehavanti*….. *puṃstvam árṣam.*

E. S. ne relève pas l'anomalie, tout en glosant abondamment le çloka.

IV, 2, 7 : *anyac chikaram.*

glose : «*anyaṃ çikharam*» *iti páṭhe puṃstvam árṣam* [4].

E. S. : *anyac chikaram :* sans observation.

---

[1] Le glossateur corrige en *sammatán* le *samyatáḥ* du texte. Outre le changement anormal de genre que relève Tirtha, Ráma ne juge pas exact le sens de cette expression.

[2] La variante est anormale, parce qu'elle met au neutre un substantif masculin.

[3] Cet archaïsme consiste dans l'adjonction d'un adjectif masculin à un substantif féminin.

[4] Ici encore nous sommes en présence d'une correction de texte.

V, 10, 29 :   *vidyudgaṇair iva.*
glose : « *vidyullatair iva* » *iti pâṭhe puṃstvam ârṣam* [1].

E. S. : *vidyudgaṇair iva.*

15, 47 :   *anûnaṃ tadvarṇam.*
glose : *klibatvam ârṣam.*

E. S. : *nûnaṃ tadvarṇam.*
glose : *itarat, utsṛṣṭaṃ, taduttarîyaṃ yathâ yâdṛçavarṇayuktaṃ yathâ çrîmat; idam idânîṃ dhâryamâṇaṃ tadvarṇam tathâ çrûnat, nûnaṃ iti yojanâ* [2].

28, 5 :   *doṣam iti klibatvam ârṣam.*

E. S. : *doṣam.*
glose : *doṣaḥ, ârṣaṃ na puṃsakam.*

38, 3 :   *strîtvân na tvaṃ samarthâsi.*
glose : . . . . « *strî tvaṃ na tu samarthaṃ hi* » *iti pâṭhe tvaṃ strî na tu samartham; na samarthety arthaḥ; lingavyatyaya ârṣa iti Tîrthaḥ; strîṇâṃ bhîrusvabhâvatvâd iti bhâvaḥ* [3].

E. S. : *strî tvaṃ na tu samarthaṃ hi sâgaraṃ vyativartitum.*
Sans glose.

46, 15, a :   *prayatnam ity ârṣaṃ klibatvam; pour : prayatnaḥ.*

E. S., 12, c : non signalé.

VI, 4, 51 :   *mûlaḥ.*
glose : *mûlam iti yâvat; ârṣaṃ puṃstvam.*

E. S., 52 : non signalé.

[1] Autre correction de texte. *Latâ* est du féminin.

[2] L'édition de Bombay prend *varṇa* substantivement : « la couleur de ce vêtement usé reste intacte, *anûnam* »; de là l'incorrection qu'elle souligne. L'édition du Sud le prend adjectivement et le rapporte au substantif neutre *vasanam*; dès lors l'anomalie disparaît. On remarquera aussi qu'elle écrit *nûnam* au lieu d'*anûnam*, ce qui modifie le sens.
Voir *infra*, VI, 107, 51.

[3] L'anomalie, signalée par Tîrtha et relevée par notre Râma qui en a pris occasion de modifier le texte, n'est peut-être qu'apparente. On pourrait traduire, en effet, en s'autorisant de la glose : « Tu es femme, et cela, vu ta timidité naturelle, est un obstacle pour traverser l'Océan. » L'édition du Sud a d'ailleurs maintenu la leçon primitive.

8, 13 :   *kâmarûpadharâḥ çûraḥ subhîmâ bhîmadarçanâḥ Râkṣasânâm sahasrâṇi.*

glose : *kâmarûpetyâdiṣu pumstvam ârṣam.*

E. S. :   *... Râkṣasâ vai sahasrâṇi* [1].

10, 16 :   *sarisṛpâṇi;* pour *sarisṛpâḥ.*

glose : *sarpâḥ; lingavyatyaya ârṣaḥ.*

E. S. : non signalé.

22, 75 :   *sahasrâṇi Vânarâṇâm... badhnantaḥ.*

glose : *badhnanta iti lingavyatyaya ârṣaḥ* [2].

E. S., 79 : même texte, sans glose.

39, 23 :   *caityaḥ;* plus habituellement : *caityam.*

glose : *pumstvam ârṣam.*

E. S., 24 : non signalé.

42, 16 :   *parikhân iti pumstvam ârṣam.*

E. S. :   *parikhâḥ* au féminin plur. accus.

67, 47 :   *çûlam... tad âpatantam... mokṣayâmâsa.*

glose : *tadâ* (sic) *patantam; pumstvam ârṣam;* pour : *patat* [3].

E. S., 48 : *tam âpatantam,* sans observation.

81, 24 :   *âpatantam... tad anîkam.*

glose : *âpatantam iti; lingavyatyaya ârṣaḥ. Anîka* est du neutre.

E. S., 26 : non signalé.

94, 25 :   *apaçyanto 'paçyantyaḥ;* sans mention d'*ârṣa.*

E. S., 95, 27 : non signalé.

99, 29, *b* et *c* : *çaravṛṣṭibhiḥ mahâvegaiḥ.*

glose : *ârṣam pumstvam; çaravṛṣṭiviçeṣaṇatvât* [4].

E. S., 100, 29, *b,* et 30, *a :* même texte, sans glose.

99, 40 :   *bâṇarûpâṇi pañcaçîrṣâ ivoragâḥ.*

glose : *praçamsâyâm rûpam; praçastâ bâṇâḥ; ârṣo*

---

[1] L'édition de Bombay fait accorder ces adjectifs avec le masculin *Râkṣasâ-nâm* auquel ils se rapportent logiquement, et le glossateur avec le neutre *sahas-râṇi* auquel ils se rapportent grammaticalement. L'édition du Sud, en considérant *sahasrâṇi* comme une simple apposition, satisfait à cette double exigence.

[2] Même observation.

[3] Râma oublie que *çûla* est à la fois du genre masculin et du genre neutre. Plus bas l'édition de Bombay écrit *tac chûlam... tam âpatantam,* çlokas 50, 51, avec d'ailleurs l'édition du Sud, 51, 52.

[4] Ici encore le qualificatif s'accorde avec son substantif logique *çara.* Râma continue de se placer à un point de vue exclusivement grammatical.

lingavyatyayah. Il faut : *bânarûpâh*, adjectif s'accordant avec *uragâh :* «on eût dit des serpents. . . ayant forme de flèches».

E. S., 100, 39 : même texte, sans indication d'*ârṣa* [1].

107, 51, *c* et *d* : *sâgaram câmbaraprakhyam ambaram sâgaropamam;* il faut : *sâgarah.*

glose : . . .*sâgaraçabde lingavyatyaya ârṣah, ardharcâdir vâ sah.* « *Gaganam gaganâkâram sâgarah sâgaropamah.* » *iti pâṭhe 'rdhadvaye'py ananvaya eveti bodhyam* . . . [2].

E.S., 110, 24, *a* et *b* : *gaganam gaganâkâram sâgarah sâgaropamah.* Sans glose.

VII, 70, 11 : *vîthikaih,* pour : *vîthikâbhih.*
glose : *vîthikasyâstritvam ârṣam.*
E. S. : non signalé.

II. Nombres.

I, 4, 2 : *caturviṃçat sahasrâni.*
glose : *caturviṃçad iti, caturviṃçatir ity arthakaç chândasah.* . . *prakṣipto 'yam çloko na tv ârṣa ity âhuh* [3].
E. S. : non signalé.

25, 22 : *etaiç cânyaiç ca.*
glose : *etair etâdṛçaih; yadvâ ârṣam bahutvam, etâbhyâm* [4].
E. S. : non signalé.

---

[1] L'édition du Sud glose l'expression *bânarûpâṇi.* Elle sous-entend *Râvanâstrâṇi.* L'adjectif neutre devient dès lors régulier, mais au prix d'un nonsens.

[2] Râma, comprenant l'ineptie du texte, adopté cependant par l'édition du Sud, lui préfère avec raison la leçon *sâgaram câmbaraprakhyam* et le reste, en dépit de l'anomalie que d'ailleurs il relève.

[3] Vingt pour vingtaine constitue un archaïsme, ou plutôt une inexactitude, mais, suivant quelques-uns, il n'y a point d'àrṣa. On est en présence d'un çloka interpolé. *Arthaka,* ignoré de Böhtlingk, se retrouve III, 52, 17, glose.

[4] Il ne s'agit, en effet, que d'Indra et de Viṣṇu.

66, 10 : *akalpayatety ekavacanam árṣaṃ;* il faut : *akalpa-yanta.*
  E. S. : non signalé.

II, 39, 36 : *trayaḥ çataçatardhá hi . . .;* pour : *tisraḥ.*
  glose : *tres trayas ádeça árṣaḥ* [1].
  E. S. : non signalé.

III, 47, 11, *b* : *gaṇyate,* pour : *gaṇyante.*
  glose : *gaṇyata ity árṣam ekatvam.*
  E. S., 10, *d* : non signalé.
  73, 20, *d* : *viṭapi.*
  glose : *viṭapinaḥ árṣam ekatvam.*
  E. S., *b* : *viṭapin,* sans glose [2].

V, 6, 25 : *Vidyujjihvadvijihvánám iti bahuvacanam árṣam;*
  tayor ity arthaḥ. Pour : *Vidyujjihvadvijihva-yoḥ.*
  «*Viddyujjihvendrajihvánám*» *iti vá páṭhántaram.*
  E. S. : *Vidyujjihvendrajihvánám,* sans mention d'*árṣa.*
  14, 19 : *Lángúlahastair ity atraikatvábháva árṣaḥ,* pour
  lángúlahastena [3].
  E. S. : non signalé.

VI, 50, 30 : *párvatí iti dvivacanam árṣam;* duel archaïque. Il
  faut : *párvatyau.* Féminin dérivé.
  E. S. : *párvatíḥ,* accus. pluriel, sans indication d'*árṣa.*
  53, 17 : *púrayan.*
  glose : *púrayantaḥ; árṣam ekavacanam.*
  E. S. : non signalé [4].

[1] Le substitut *trayaḥ* du thème *tri,* au lieu de *tisraḥ,* est un archaïsme.

[2] Ce sont les thèmes masculins en *is* et non en *in* qui font leur accusatif plu-riel en *ín.*

[3] Cf. Pàṇini, 2, 4, 2. Comme il s'agit de la queue et des mains, on pou-vait disjoindre ce composé copulatif et écrire (sauf les exigences du mètre) : *lángúlena hastábhyám ca.* Le mot qui vient immédiatement après est précisément le duel *caraṇábhyám.*

[4] L'édition de Bombay écrit ainsi le quatrième pàda de ce çloka : *diçaḥ çabdena púrayan;* et l'édition du Sud : *púrayaṃç ca diço daça.*

VII, 102, 1 :   *bhrátṛbhir iti bahuvacanaṃ dvitve árṣam;* pour :
        bhrátṛbhyám.

    E. S. : non signalé.

ANOMALIES CASUELLES.

I, 12, 22 :   *gatánám iti gateṣu dvijádiṣv ity arthaḥ; saptamy-*
        arthe ṣaṣthí. Sans indication d'*árṣa.*

    E. S. : *gateṣu.*

13, 4 :   *mahyam iti ṣaṣthyarthe,* sans indication d'*árṣa;*
        pour : *mama.*

    E. S. : non signalé.

18, 56, *c* :   *tubhyam iti ṣaṣthyarthe caturthi,* sans indication
        d'*árṣa;* pour : *tava.*

    E. S., 57, *a* : non signalé.

22, 24 :   *Daçarathanṛpasûnusattamábhyám.*

    glose : *Daçarathetyádi ṣaṣthyarthe caturthyaḥ;*
    sans indication d'*árṣa.* Il faut : *°sattamayoḥ.*

    E. S., 23 : non signalé.

45, 32 :   *Apsará ity árṣam;* pour : *Apsarasah.*

    E. S. : non signalé.

53, 19, *b* :   *kiṅkiṇikavibhûṣitán iti ṣaṣthyarthe dvitíyá;* pour :
        °vibhûṣitánám.

    E. S., *d* : non signalé.

55, 23 :   texte : *bháyád bhitá nánádigbhyaḥ.*

    glose : *vyatyayena dvitíyárthe caturthi paṇcami vá* [1] ;
    pour : *nánádiçaḥ.*

    E. S. : non signalé.

63, 4, *b* :   *Apsará ity árṣam.*

    E. S., 5, *b* : *Apsaráḥ,* nominatif singulier.

70, 36 :   *patyá virahitá... deví.*

    glose : «*patiná rahitá*» *iti páṭhe, nábháva árṣaḥ.*

    E. S., 34 : *patiçokáturá* [2].

---

[1] Le datif ou l'ablatif dans le sens de l'accusatif. Sur *vyatyaya,* cf. Pániṇi, 3, 1, 85.

[2] Trois variantes du même texte. VII, 49, 17, on lit : *patiná tyaktá* sans glose. L'absence de *n* est archaïque.

73, 23, *a* :   *lájapúrṇaiç ca pátribhir ity árṣam;* il faut : *púr-*
                        ṇábhiḥ.

      E. S., 21, *c* : non signalé.

76, 14 :   *pṛthivyám na vase niçám.*
                        glose : *niçám rátrim na vase : tañ árṣaḥ . . . pṛthi-*
                        vyám rátrau na vasámíti.

      E. S. : non signalé.

II, 15, 30, *b* :   *hṛṣṭavad dhṛṣṭánám janánám; svarthe vatir árṣaḥ.*
                        [*vati* est le signe du suffixe (*taddhita*) *vat.*]

      E. S., *d* : non signalé.

32, 38 :   *daṇḍaḥ papátokṣaṇasamnidhau.*
                        glose : *ukṣáṇasamnidháv ukṣṇám vṛṣabhánám sam-*
                        nidhir yatra; árṣa ánañ.

      E. S. : *papátokṣaṇasamnidhau.* Sans glose [1].

47, 12 :   *vipalanti . . . hṛtavatsá ivágryagáḥ.*
                        glose : *gáva ivety arthaḥ; gá ity árṣam.*

      E. S. : *vivatsá iva dhenavaḥ.*

48, 36 :   *sutaiḥ; tṛtíyárṣi, sutebhyaḥ.*

      E. S. : non signalé.

73, 22 :   *rájñám etat samam.*
                        glose : «*rájñám sarvam*» *iti páṭhe, sarvam ity atra*
                        cchándási saṣṭhyarthe dvitíyá; sarveṣám ity
                        arthaḥ.

      E. S. ne signale pas cette variante.

101, 11 :   *patiná,* pour : *patyá* [2].
                        glose : *patinety árṣam.*

      E. S., 104, 11 : non signalé [3].

105, 7 :   *tena durjívam.*
                        glose : *tasyety arthe tenety árṣam.*

      E. S. : non signalé.

112, 19 :   *tubhyam mátrá tava mátrá; ṣaṣṭhy arthe árṣi ca*
                        turthí.

      E. S. : non signalé.

[1] L'édition du Sud est doublement fautive avec l'*a* bref du *kṛt,* ou suffix
défectueux *ána.*

[2] Voir *supra,* I, 70, 36.

[3] Aux sargas 101, 102, 103, 104 de l'édition de Bombay correspondent
le sargas 100, 101, 102 et 103 de l'édition du Sud.

III, 24, 21 :   *gobráhmaṇánám iti ṣaṣṭhi caturthyarthe árṣí;* il
       faut : *gobráhmaṇebhyaḥ.*

  E. S. : *gobráhmaṇebhyaḥ.*

40, 4 :   *mám iti dvitíyá chándasatvát* [1].

  E. S. : non signalé.

49, 39 :   *tvayá.*

       glose : *tubhyam iti páṭhe tvayety arthe : árṣaṃ tat.*

  E. S., 40 : *tava* [2].

57, 15, *d* : *bhrátá dṛṣṭvá Lakṣmaṇam ágatam.*

       glose : *Lakṣmaṇam ṣaṣṭhyarthe dvitíyá.* Pas d'indi-
       cation d'*árṣa* [3].

  E. S., 16, *b* : *saṃjagarhe 'tha taṃ bhrátá jyeṣṭho Lakṣmaṇam ága-*
       tam. Pas de glose.

63, 3 :   *paramparáyáḥ,* pour : *paramparayá.*

       glose : *tṛtíyárthe ṣaṣṭhí.* Sans indication d'*árṣa.*

  E. S. : sans glose.

IV, 4, 34 :   *vánaraṃ rúpam.*

       glose : *vánarasyedam; árṣo 'ñ.*

  E. S., 35 : non signalé.

23, 19, *b* : *dinakarád iti pañcamí ṣaṣṭhyarthe.* Sans indica-
       tion d'*árṣa;* pour *dinakarasya.*

  E. S., 18, *d,* ne relève pas cet ablatif, mais l'explique [4].

35, 23 :   *prathamabhayasya hi çaṅkitáḥ.*

       glose : *ṣaṣṭhy árṣí;* pour : *°bhayena* [5].

  E. S. : même texte avec cette glose : *Válivadhajanitabha-*
       yaçaṅkitáḥ.

---

[1] On aurait pu, sinon dù, employer le nominatif : *náhaṃ çakyo bhettum...*

[2] Nous sommes en présence de trois leçons : *naiṣa várayituṃ çakhyas tvayá, tubhyam, tava.*

La première est la plus régulière.

[3] Le glossateur lit : *bhrátá Lakṣmaṇasya,* mais l'accusatif *Lakṣmaṇam* peut être considéré comme le complément de *dṛṣṭvá.* Dans l'édition du Sud il est régi par *saṃjagarhe.*

[4] Les deux éditions ne présentent pas le même texte pour ce demi-çloka.

Texte de Bombay : *Astamastakasaṃnaddharaçmer dinakarád iva.*

Édition du Sud : *Astamastakasaṃruddho raçmir dinakarád iva.*

Voici sa glose : *Astádriçikharaniruddhaḥ dinakarád udgacchan raçmir iva babhau.*

[5] On dit en français : trembler *de* frayeur, pour trembler *par* frayeur.

37, 3 : *paçcimasyâm ity ârṣaḥ.*

E. S. : *paçcimâyâm.*

V, 14, 10 : *[vṛkṣâ] mumucuḥ puṣpavṛṣṭayaḥ.*

glose : *puṣpavṛṣṭiḥ*, sans indication d'*ârṣa.*

E. S. : ni correction, ni observation.

16, 11 : *asyâ nimitte Sugrîvaḥ prâptavân (aiçvaryam).*

glose : *saptamyarthe ṣaṣṭhî ;* sans indication d'*ârṣa.*
Elle poursuit : *asyâṃ nimittabhûtâyâṃ satyâm
ity artha iti Tîrthaḥ.*

E. S. : sans glose.

25, 9 : *Sitayeti, ṣaṣṭhyarthe tṛtîyâ ;* sans indication d'*ârṣa.*

E. S. : *Sitayâ.* Pour : *Sitâyâḥ.*
glose: *vyatyayena tṛtîyârthe ṣaṣṭhî.* C'est le contraire.

48, 11 : *na senâ gaṇaço cyavanti.*

glose : *gaṇaço cyavantîty atrotvam ârṣam ;* il faut :
gaṇaçaç cyavanati. La glose relève une variante :
[Hanumati] gaṇâñ çocayatiti. Elle ajoute : *gaṇa-
çog ghanumâms tasmin senâ nâvanti, tato na
rakṣanti. . . tatra . . . pañcamîprâptau saptamy
ârṣî.* Le locatif pour l'ablatif est archaïque : il
faudrait [*Hanumato*] *gaṇâñ çocayataḥ.*

E. S., 12 : *na . . . senâ gaṇaçocyavanti,* sans indication d'*ârṣa* [1].

50, 6 : *matpurîm. . . gamane kiṃ prayojanam.*

glose : *matpurîgamane ; matpurîprâptâv ity arthaḥ ;
ârṣaḥ ṣaṣṭhyabhâvaḥ.* Il faut le génitif d'après
la glose.

E. S. : non signalé.

64, 17 : *kṛtakarmâṇo yûyam.*

glose : *kṛtakarmâṇo yuṣmân ity artha ârṣam idam.*

E. S., 15 : non signalé.

---

[1] Les deux éditions accompagnent ce çloka d'une longue glose, surtout
l'édition de Bombay qui, comme toujours, est la plus riche sous ce rapport.
Nous rencontrons ici deux mots ignorés de Böhtlingk : *gaṇaçok* et *alasâram.*
L'édition du Sud explique le premier par : *gaṇânâm çocayitar :* «celui qui fait
du chagrin aux foules» c'est-à-dire ici : «qui disperse et bat les foules». L'autre
est ainsi traduit par l'édition de Bombay : *kuṇṭhasâram,* et par l'édition du
Sud: *jîrṇasâram.* C'est une épithète de *vajram.* En admettant la coupe [*na*] *viça
alasâram*[*vajram*], au lieu de *viçâla-sâraṃ,* il faudrait donc traduire : «N'attaque
pas [Hanumat] avec un trait à la pointe émoussée (ou usée)».

VI, 1, 15 : *Sugrivasyeti saptamyarthe ṣaṣṭhî;* pour : *Sugrîve.*
        E. S. : non signalé.

8, 3 : *me jîvata ity ârṣi ṣaṣṭhî;* il faut : *mayi jîvati.*
        E. S. : non signalé.

10, 24 : *sarvâsya janasyetyâdi tṛtîyârthe ṣaṣṭhî,* génitif dans le sens d'instrumental. Pas mention d'archaïsme.
        E. S. : pas de glose.

59, 36 : *bhûtaiḥ parivṛtais tîkṣnaiḥ.* Il faut : *parivṛtas* [1].
        E. S. : *bhûtaiḥ parivṛtas tîkṣnaiḥ.*

74, 29 : *Sâgaram ity upari yoge ṣaṣṭhyarthe dvitîyâ.* Sans indication d'*ârṣa.*
        E. S. : sans glose.

112, 19, *a* : *prakṛtayaḥ.*
        glose : *prakṛtiḥ,* sans indication d'*ârṣa.*

E. S., 115, 17, *c* : *prakṛtiḥ.*

123, 31 : *saha nârîṇâm vânarâṇâm.*
        glose : *vânarâṇâm nârîṇâm saha; tâbhiḥ sahety arthaḥ; ṣaṣṭhy ârṣî.*

E. S., 126, 27 : *saha nârîbhir vânarâṇâm.*

VII, 35, 2 : *etâbhyâm.*
        glose : *etayoḥ, ṣaṣṭhyarthe caturthy ârṣaḥ.*
        E. S. : non signalé.

100, 4 : *Açvapatinaḥ.*
        glose : *numârṣaḥ, Açvapater ity arthaḥ.*
        E. S. : non signalé.

COMPOSÉS ANORMAUX.

I, 4, 3 : *sabhaviṣyasahottaram.*
        glose : *sabhaviṣyam iti saviçeṣaṇatve 'py ârṣaḥ samâsaḥ* [2].
        E. S. : *sabhaviṣyam sahottaram;* sans autre indication.

---

[1] *Parivṛtais* est évidemment une distraction du compositeur, amenée par les instrumentaux qui encadrent ce mot.

[2] Le composé est védique ici. Il faut *saha bhaviṣyeṇa,* comme aussi, d'ailleurs, *sahottareṇa* et non *sahottaram.*

8, 22 :   *ṛtvigbhir upasaṃdiṣṭo yathāvat kratur āpyatām.*

            glose : *upasaṃdiṣṭa iti tripadam, sam ity asyā-*
            pyatām ity anenānvayaḥ vyavahitaprayoga ār-
            ṣaḥ [1].

        E. S. : *ṛtvigbhir upadiṣṭo'yaṃ yathāvat kratur āpyatām.*

13, 12, c :   *mahadāvāsāḥ.*

            glose : *mahadāvāsā, ity atrātvābhāva ārṣaḥ;* pour :
            mahanta āvāsāḥ [2].

        E. S. : supprime le second hémistiche des vers 11 et 12
            de l'édition.Bombay, de sorte que cette expres-
            sion ne s'y trouve pas.

53, 18, b :   *hairaṇyānāṃ rathānāṃ ca çvetāçvānāṃ caturyujām.*

            glose : *çvetāçvānāṃ caturyujām; catuḥsaṃkhyāka-*
            çvetāçvayutānām ity arthaḥ; ārṣaḥ samāsaḥ
            « *rathānāṃ ca* » *iti pāṭhaḥ.*

        E. S., 19, a : même texte.

            glose : *caturbhir açvair yuktānām.*

72, 12 :   *ekāhneti taj abhāvo'nityāḥ samāsāntā iti; sapta-*
            myarthe tṛtīyā; ekadivase ity arthaḥ. Sans indi-
            cation de védisme; pour : *ekāhe.*

        E. S. : *ekāhnā.*

            glose : *ārṣo'yaṃ prayogaḥ.*

72, 22 :   *ekaikaça ity ārṣam* [3].

        E. S. : non signalé.

75, 21, d :   *parapuraṃ jayam ity ārṣam asaṃjñāyām* [4].

        E. S., 22, b : non signalé.

II, 18, 16 :   *yatomūlam.*

            glose : *yan mūlam ity arthe; ārṣam etat.*

---

[1] *Sam*, ainsi séparé d'*āpyatām* auquel, d'après la glose, il devrait s'adjoindre, constitue un védisme. On voit que l'édition du Sud a remplacé ce préfixe par le pronom *ayam.*

[2] Böhtlingk qui cite cette expression indique, comme unique référence, ce passage du Râmâyaṇa, mais par les chiffres : 1, 12, 11, que ne justifie pas l'édition de Bombay qu'il désigne habituellement par l'initiale R, pour la distinguer de l'édition Gorresio.

[3] Ce mot est entré dans la langue classique.

[4] La glose voit un archaïsme dans ce mot, parce qu'il ne s'agit pas d'une *saṃjñā.* Observons qu'il s'applique aux personnes et non, comme ici, aux choses.

E. S. : *yatomûlam.*

glose : *yat kâraṇakam,* sans indication *d'ârṣa.*

63, 13 : *çabdavedhyam idam phalam.*

glose : *çabdavedhitvam ity arthe ârṣam.*

E. S. : *çabdavedhyamayam phalam.*

glose : *çabdavedhyahetukam.*

91, 53 : *ekamekam puruṣam.*

glose : *atraikam bahuvrîhivad iti; bahuvrîhivadbhâvâbhâva ârṣaḥ; pour : ekaikam.*

E. S., 52 : non signalé.

III, 47, 18, c : *vaimâtro Lakṣmaṇaḥ.*

glose : *çubhrâdiṣu vimâtṛçabdapâṭhe 'py ârṣo 'ṇ; asahodaro bhrâtety arthaḥ; vibhinnâyâ mâtur apatyam vaimâtraḥ.* V 35, 22, on lit : *dvaimâtraḥ.*

E. S. a : *dvaimâtraḥ.*

48, 4 : *vaimâtraḥ.*

glose : *vaimâtraḥ prâgvat;* «*dvaimâtra*» *iti pâṭhe dvitîyâ mâtâ dvimâtâ; tadapatyam ity arthe* «*mâturut*» *ity utvâbhâva ârṣaḥ* [1].

E. S. : *dvaimâtraḥ,* sans glose.

51, 45 : *agnidâvam.*

glose : *dâvâgnim, paranipâta ârṣaḥ* [2].

E. S. : non signalé.

IV, 24, 32 : *divyena dehâbhyudayena yuktaḥ.*

glose : *divyadehena prâpyo yo 'bhyudayas tena yuktaḥ; samâsa ârṣaḥ;* il faut : *divyadehâbhyudayena,* comme on a *manuṣyadehâbhyudayam* au pâda précédent.

E. S. : non signalé.

VI, 37, 1 : *naravânararâjânau sa tu Vâyusutaḥ.*

glose : *nareti; Râmasugrîvau, taj abhâva ârṣaḥ* [3]

E. S. : *naravânararâjau tau sa ca Vâyusutaḥ.*

sans glose.

---

[1] Böhtlingk ignore ce mot; il écrit : *dvaimâtura.* Pour *ut,* voir Pâṇini.

[2] Interversion archaïque.

[3] Au sujet de *ṭac,* cf. Pâṇini, 5, 4, 91-112.

40, 29 :   *niçicarcty ârṣaḥ*, pour : *niçâcara*.
    E. S. : non signalé.
60, 48 :   *bherîsahasram.*
      glose : *bheriṇâm sahasram ity arthaḥ; ârṣaḥ sa-*
          mâsaḥ.
   E.S., 49 : *sahasram bheriṇâm.*
79, 26 :   *kṛtapratikṛtânyonyam kurutâm* (sic).
      glose : *kṛtapratikṛtâni; ârṣo 'dâdeço vibhakteḥ* [1].
    E. S. : non signalé.
88, 57 :   *kṛtapratikṛtânyonyam.*
      glose : *anyonyam kṛtapratikṛtâ ârṣo dâ; kṛtapra-*
          tikṛte yattau babhuvatur ity arthaḥ.
   E. S., 89, 22 : non signalé.

VII, 5, 45 :   *praçamamkarâḥ.*
      glose : *praçamamkarâ ity ârṣaḥ khâc* [2].
   E. S., 46 : non signalé.
87, 25, *b* :   *strîpumsor yâvad icchasi.*
      glose : *strîpumsoḥ samâsântâbhâva ârṣaḥ; strîpum-*
          sayor âvayoḥ.
   E. S., 24, *d* : non signalé.

SUFFIXES ANORMAUX.

I,   4, 2 :   *caturvimçat.*
      glose : *caturvimçatir ity arthakaç chândasaḥ.*
    E. S. : non signalé.
30, 6 :   *yattau paramadhanvinau.*
      glose : *yattau samnaddhau paramadhanvinâv ity*
      ârṣam; pour : paramadhanvanau [3].
    E. S. : non signalé.

[1] Il semble qu'il faudrait *kṛtapratikṛtâny anyonyam akurutâm*, tandis que ci-après on doit lire, suivant la glose : *anyonyam kṛtapratikṛte yattau,* «acharnés à se rendre coup pour coup».

[2] Böhtlingk relève cette expression dans son premier supplément, mais sans observation. Sur *khac*, voir Pânini.

[3] La différence des deux expressions me paraît être celle-ci : *paramadhanvin* «très grand archer»; *paramadhanvan* «qui a un très grand arc».

41, 9 :   *Asamañja.*

glose : *Asamañjaputra iti sambodhanam; iñabháva árṣaḥ;* pour : *Asamanjin.*

E. S. : *Asamañjaputra.*

73, 12 :   *vaiváhyam uttamam.*

glose : *uttamaṃ vaiváhyam, árṣaḥ syañ* [1]; pour : *vaiváhikam.*

E. S. : non signalé.

H, 15, 6, d :   *tiryagváháç ca kṣiriṇaḥ.*

glose : *kṣirapúrṇáḥ; kṣiram atra jalam; nibabhava árṣaḥ;* pour : *kṣiriṇyaḥ* [2].

E. S., b : texte différent : *tiryagváháḥ samáhitáḥ.*

19, 35 :   *mátur apriyaçaṃsiván.*

glose : *apriyaṃ çaṃsiṣyan; kvasur árṣaḥ* [3].

E. S. : même texte.

glose : *apriyam abhidhátukámaḥ,* sans mention d'*árṣa.*

20, 44 :   *tasyáḥ katham nu kharavádinaṃ . . . vadanaṃ draṣṭum . . . çakṣyámi ?*

glose : *kharavádinaṃ; luगabhava árṣaḥ; kharavádi paruṣavadanaçilaṃ tasyá vadanaṃ katham draṣṭum çakṣyámi* [4].

E. S. : *kharavádi tat.*

30, 9 :   *yasya pathyaṃcarám áttha yasya cárthe 'varudhyase.*

glose : *pathyaṃcarám ity atra mum árṣaḥ;* il faut : *pathyacarám.*

E. S. : *yasya pathyam ca Rámáttha yasya ca . . .* [5].

39, 22 :   *kṣaṇamátraviráginaḥ.*

glose : *kṣaṇamátraviráginya ity arthaḥ . . . virágiṇa ity atra nibabhava árṣaḥ* [6].

---

[1] Le taddhita *ya*(*syañ*) est archaïque.

[2] L'affixe masculin au lieu de l'affixe féminin *í* (*ñíp*) constitue un archaïsme.

[3] Le suffixe *vaṃs* (*kvasuḥ*) est archaïque.

[4] L'augment (*agáma*) *nam* est défectueux. Sa non-suppression (*luगabhava*) constitue un archaïsme.

[5] Cette variante paraît avoir été imaginée pour garder le *pathyam*, tout en évitant l'archaïsme. Admirons alors son ingéniosité.

[6] Cf. ci-dessus, II, 15, 6.

E. S. : *kṣaṇamátrád virágiṇaḥ*, sans indication d'archaïsme.

52, 36 :   *nityadá*.

glose : *nityadá sarvadá; chándaso dápratya-
yaḥ* [1].

E. S. : non signalé.

109, 35 :   *tvatto janáḥ púrvatare dvijáç ca*.

glose : *púrvatare çreṣṭháḥ; árṣam idam;* pour :
purvataráḥ [2].

E. S. : *tvatto janáḥ púrvatare 'varáç ca*, sans indication
d'archaïsme.

II, 5, 18 :   *nityadá*.

glose : *nityadety árṣam* [3].

E. S. : non signalé.

5, 31 :   *lokáḥ....bráhmyáç ca nákapṛṣṭhyáç ca*.

glose : *Bráhmyá iti; ubhayatra ṣyañ árṣaḥ; brah-
malóká nákapṛṣṭhalokáç ca*.

E. S. : non signalé.

5, 36 :   *Ráma pratisrotám anuvraja*.

glose : *ábantatvam árṣam...pratisrotasaṃ kṛtvá
vraja* [4].

E. S., 37 : même texte.

glose : *táb árṣaḥ; pratisrotasaṃ kṛtvá*.

20, 11 :   *brahmaghnáḥ*.

glose : *brahmaghná ity arthaḥ[?]* (sic).

E. S. : même texte sans glose.

25, 12 :   *vṛtaḥ páriṣadáṃ gaṇaiḥ*.

---

[1] *Nityadá* pour *nityam* semble, aussi bien que *sarvadá*, entré dans le lan-
gage classique, et le purisme de Ráma ne se comprend guère ici.

[2] Böhtlingk (art. *púrva*) signale ce texte et sa scholie ou glose, sans observation. Il indique le çloka trente-quatrième au lieu du trente-cinquième. Il
cite aussi l'édition Gorresio qui porte : *pitámaháḥ púrvataráç ca teṣám*, II, 118,
30.

[3] Voir ci-dessus.

[4] La glose explique ensuite ce que l'on entend par remonter le cours d'une
rivière, afin que nul n'en ignore : *púrvaváhinyáṃ puruṣeṇa paçcimábhimukha-
tayá gamane pratisrotastvam bhavati*. L'édition du Sud fournit la même explication : *nadyáṃ púrvaváhinyáṃ*, etc. *Áp* et *ṭáp* désignent également ici l'affixe *á* ou
ám.

glose : *párisadám; nudabháva árṣaḥ;* il faut : *pá-
riṣadánám* [1].

E. S., 11 : *parivṛto ghorai Rághavo Rakṣasáṃ gaṇaiḥ,* sans
glose.

53, 1 : *Maithili . . . bhaye mahati vartini.*
glose : *vartiníty asupy api ṇinir árṣaḥ* [2].

E. S. : non signalé.

64, 62, *b* : *kálakarmaṇá.*
glose : *kálasádhyaṃ karma náças tena «káladhar-
maṇá» iti páṭhe 'pi tadrúpeṇa káladharmeṇety
arthaḥ; tatpuruṣe 'nij árṣaḥ* [3].

E. S., *f* : *káladharmaṇá,* sans glose.

69, 29 : *Mahápakṣmeṇety árṣam;* pour : *Mahápakṣmaṇá.*

E. S. : non signalé.

IV, 22, 29, *d* : *daṃṣṭrákarálaván.*
glose : *árṣaḥ svárthe matup; daṃṣṭrákarála ity
arthaḥ* [4]. Cf. infra : V, 57, 4, et alias.

E. S., *b* : non signalé.

46, 15 : *Apsarasálayam.*
glose : *Apsarasaçabdo 'káránto 'py árṣaḥ.*

E. S. : non signalé.

54, 13 : *îṣatkáryam.*
glose : *iṣatkaram; khalabháva árṣaḥ.*

E. S. : non signalé.

65, 4 : *triṃçatam.*
glose : *triṃçad ity arthe triṃçatam ity ár-
ṣam.*

E. S. : non signalé.

66, 4 : *Ariṣṭaneminaḥ,* pour : *Ariṣṭanemeḥ.*
glose : *Káçyapasya; nántatvam árṣam.*

E. S. : non signalé.

66, 8 : *Apsarápsarasáṃ çreṣṭhá.*

[1] Le poète semble avoir confondu *pariṣad* et *párisada.*

[2] Même lorsqu'il ne s'agit pas de locatif, le suffixe *in* est archaïque. Il faut donc ici *vartamáná.*

[3] L'*anij* ou suffixe *an* de la leçon *káladharmaṇá* est un archaïsme. Comme on le voit, l'édition du Sud suit cette leçon vicieuse.

[4] L'affixe *ván* est inutile ici.

glose : *Apsarā ity ekavacanānto 'pi samdhir ārṣaḥ.*
Apsarā ity ābanta ārṣa ity anye [1].

E. S. : même texte.

glose : *Apsareti nirdeça ārṣaḥ.*

V, 5, 25 :   *sānusṛtāsrakaṇṭhim.*
glose : *anusṛtāsreṇa pravṛttabāṣpeṇa sahavartamā-*
naḥ kaṇṭho yasyās tām : atra ñiṣ (sic) ārṣaḥ.
« kaṇṭhām » iti vā pāṭhaḥ [2].

E. S. : non signalé.

24, 40 :   *yakṛtplīham.*
glose : *plīham hṛdayavāmabhāgastho gulmākhyo*
māṃsaviçeṣaḥ; yady api tadvācakaḥ plīhā ity
ākārāntaḥ, tathāpy adantatvam ārṣam [3].

E. S. : non signalé.

45, 10 :   *dhanuṣmadbhiḥ.*
glose : *« dhanurmadbhiḥ » iti pāṭhe ārṣaṃ rutvam* [4].

E. S. : pas de glose.

53, 40 :   *arcimālī,* pour : *arcirmālī.*
glose : *arcimālīty atra nirephatārṣi* [5].

E. S. : non signalé.

57, 4 :   *°candrāṃçuçirāmbumat.*
glose : *matub ārṣaḥ. Mat* est archaïque.

E. S., 3 : non signalé.

VI, 10, 18 :   *bhinnaromāḥ sravanti;* pour : *°romāṇaḥ.*
glose : *bhinnaromā ūrdhvaromāṇaḥ; adantatvam*
ārṣam.

E. S. : non signalé.

[1] J'ai déjà relevé ce passage dans l'article consacré aux Samdhis irréguliers. Je le rappelle ici, à l'occasion de la finale *ā* que certains glossateurs, *anye*, estiment un archaïsme.

[2] L'expression *°kaṇṭhim* pour *°kaṇṭhām* est répétée quatre fois dans ce çloka.

[3] On lit dans Böhtlingk (art. *yakṛt*) le duel *yakṛtplīhānau*, emprunté au *Suçruta*, 1, 79, 9; II, 313, 16.

[4] L'archaïsme n'existe, on le voit, que dans la variante.

[5] Cette expression trouverait mieux sa place, peut-être, parmi les compo-sés irréguliers. Je la place ici pour l'opposer à *dhanurmadbhiḥ.* Ainsi donc, il faut écrire *arcirmālī* et non *arcismālī,* comme on écrit *arcismat* ou *dhanusmat.* On sent ici la différence entre l'euphonie interne et l'euphonie externe.

39, 17 :	*çikharam . . . divispṛçam.*
	glose : *divispṛçam divispṛk; pûrvapade :* « *hṛdyu-bhyâṃ* (sic) *ca* » *iti ñeraluk; spṛçeḥ kapratyayaç ṣaḥ* [1].
E. S., 18 :	*çikharam . . . divispṛçam,* sans glose.
43, 42 :	*divaukasaïḥ,* pour : *divaukobhiḥ.*
	glose : *divaukasair devaiḥ; ârṣaḥ prayogaḥ.*
E.S., 43, 43 :	*divaukasaiḥ.*
	glose : *akârântatvam ârṣam.*
52, 7 :	*çûlanïrbhinnadchinaḥ.*
	glose : *innantatvam ârṣam;* il faut : *°nirbhinna-dehâḥ.*
E. S. :	non signalé.
59, 12 :	*dhvajachatrajuṣṭam,* pour *°chattra°.*
	glose : *dhvajachatre tugabhâva ârṣaḥ* [2].
E. S. :	*dhvajaçastrajuṣṭam.*
128, 82, d :	*nityadâ.*
	glose : *nityadâ nityam; ârṣo dâpratyayaḥ.*
E.S., 131, 77, f :	*sarvaçaḥ.*

VII, 5, 14, c :	*prabhaviṣṇvaḥ.*
	glose : *prabhaviṣṇvaḥ; yaṇârṣaḥ; prabhava iti yâvat.*
E. S., 15, a :	*prabhaviṣṇvaḥ.*
	glose : *prabhaviṣṇavaḥ;* sans indication d'ar-chaïsme [3].
55, 4 :	*dvâdaçamaḥ,* pour : *dvâdaçaḥ.*
	glose : *dvâdaçasaṃkhyâpûraṇaḥ; saṃkhyâder api madârṣaḥ.*
E. S. :	non signalé.
70, 9 :	*varṣe dvâdaçame.*
	glose : *dvâdaçame dvâdaçe,* sans indication d'*ârṣa.*
E. S. :	sans correction, ni indication d'*ârṣa.*

---

[1] D'après le vârttika *hṛddyubhyâṃ ca* (Cf. Pânini, 6, 3, 9), la désinence du locatif ne s'élide pas après *hṛd*; le suffixe [kṛt] *a* est irrégulier après *spṛç* : il faudrait *divispṛk.*

[2] Ce composé présente encore une autre anomalie, le non-redoublement de *ch* après une voyelle brève. Cf. Berg., *Manuel*, n° 83 et st. 90. Il faudrait : *dhvajacchattra°.*

[3] Le çloka 14ᵉ de l'édition de Bombay a 6 pâdas, et le 15ᵉ de l'édition du Sud n'en a que deux, précisément les derniers de l'autre.

109, 4 :   *Brahmam ávartayan param.*

          glose : *Brahmam ávartayann ity akárántatvam árṣam; paraṃ Brahmety arthaḥ;* il faut : *Brahmávartayat.*

    E. S. : même texte.

          glose : *akárántatvam árṣam;* sans autre rectification.

LOPAS ANORMAUX.

I, 4, 17, *a* :   *praçastavyau... Kuçílavau.*

          glose : *praçastavyâv itiḍabhávanalopau chándasau* [1].

    E. S., 16, *c* : non signalé.

  8, 16, *a* :   *vardhantám,* pour : *vardhatám.*

          glose : *chándaso 'ṇilopaḥ.*

    E. S., 15, *c* : non signalé.

  40, 9 :   *kiṃ kariṣyáma, bhadraṃ te.*

          glose : *vayaṃ kiṃ kariṣyáma, salopaç chándasaḥ;* il faut : *kariṣyámaḥ.*

    E. S., 8 : non signalé.

  65, 19, *d* :   [*vayaṃ*] *sma sutoṣitáḥ;* pour : *smaḥ.*

          glose : *smeti visargalopa árṣaḥ.*

    E. S., 17, *f* : non signalé.

II, 37, 34 :   *pravidhiyateti.*

          glose : *pravidhíyata iti cchedaḥ, ikáralopa árṣaḥ.*

    E. S. : même texte.

          glose : *atra saṃdhir árṣaḥ* [2].

  56, 21 :   *baddhakaṭám.*

          glose : *baddhakatám, baddhakaváṭám, chándaso varṇalopaḥ.*

    E. S. : même texte.

---

[1] Böhtlingk (art. *praçastavya*) cite ce passage ainsi : «R. I, 4, 15. Schol. in der Calc. Ausg. : *iḍabhávanalopau chándasau.* Vgl. *praçaṃstavya*», sans plus se décider pour une forme que pour l'autre.

[2] Cet article en effet, ainsi que plusieurs autres ci-après, trouverait aussi bien sa place dans la liste des saṃdhis irréguliers; c'est à cause de la mention du *lopa* que je l'ai réservé ici. Je me suis du reste expliqué dans l'avertissement sur les cas de ce genre.

glose : *kudyârthe kalpitâstaraṇâm*, sans indication de *chândasa*.

91, 59 :   *na gamiṣyâma daṇḍakân ;* pour : *gamiṣyamo*.
glose : *na gamiṣyamety ârṣaḥ salopaḥ*.

E. S., 58 : non signalé.

93, 7 :   *prâptâḥ sma ;* pour : *smaḥ*.
glose : *chândaso visargalopa*.

E. S. : non signalé.

III, 42, 22 :   *bhakṣayan vicacâra*.
glose : «*bhaktvâdan*» *iti pâṭha, ârṣo 'nunâsikalo-pah* [1].

E. S. : *bhaṅktvâ 'dan* (sic).

60, 35 :   *hâ Sîteti punaḥ punaḥ*.
glose : *hâ Sîte ; ikâralopa ârṣaḥ*.

E. S. : non signalé.

61, 29 :   *hâ priyeti*.
glose : *hâ priye itîti ; ikâralopa ârṣaḥ*.

E. S., 30 : non signalé.

69, 14 :   *ehi raṃsyâvahety uktvâ*.
glose : *atra ikâralopa ârṣaḥ*.

E. S. : non signalé. Pour *raṃsyâvaha iti*.

IV, 17, 11, *d* :   *Vâlinaṃ..... harilocanam ;* pour : *haritalocanam*.
glose : *harilocanaṃ pîtanetram ; haricchabdaḥ pîta-paryâyaḥ :* «*Haridrâbhaḥ pâlâço harito harit*» : *iti koçaḥ ; ârṣas talopaḥ* [2].

E. S., 12, *b* : non signalé.

V, 25, 11 :   *hâ Sumitreti ;* pour : *Sumitra iti*.
glose : *hâ sumitretity atrekâralopa ârṣaḥ*.

E. S. : non signalé.

34, 1 :   *duḥkhâd duḥkhâbhibhûtâyâḥ*.
glose : *alug ârṣaḥ duḥkhaparamparâkhinnâyâ ity arthaḥ* [3].

E. S. : non signalé.

---

[1] L'irrégularité n'est que dans la variante, adoptée et corrigée par l'édition du Sud, qui d'autre part omet le saṃdhi.

[2] Première citation de l'Amarakoça, sauf erreur.

[3] Le premier *duḥkha* serait de trop. Ou bien il faudrait lire : *duḥkhaduḥkha°*.

45, 1 : *saptárcivarcasah; il faut : saptárcirvarcasah.*
glose : *árṣo rephalopah.*
E. S. : non signalé.

VI, 8, 3 : *sarve . . . . . vañcitáh sma.*
glose : *árṣo visargalopa iti Kalakah; il faut : smah*
d'après Kataka qui lit : *vayam smah.*
E. S. : non signalé.

31, 45 : *sa Vidyujihvena sahaiva.*
glose : *sa Vidyujihveneti cchandovaçát takáralopah;*
il faut : *Vidyudjihvena* [1].
E. S. : non signalé.

73, 26 : *khe 'ntardadhe 'tmánam.*
glose : *antardadhe 'tmánam ity atrákáralopaç chan-*
dasah; il faut : *anthardadha átmanam* [2].
E. S., 25 : non signalé.

VII, 7, 2 : *añjanagiriva.*
glose : *añjanagiriveti vibhaktilopa árṣah, latah*
samdhih; pour : *añjanagirir iva* [3].
E. S. : non signalé.

65, 18 : *asyáçramasamîpatah.*
glose : *asyáçrameti luptaṣaṣṭhíkam asyáçrama-*
sya samipatah, sans indication d'*árṣah.*
E. S. : ni corrigé ni signalé.

98, 15 : *pariṣanmadhye;* pour : *pariṣado madhye.*
glose : *pariṣad iti luptaṣaṣṭhyantam.*
E. S. : non signalé.

107, 8 : *çíghram ákhyátu má ciram.*
glose : *ákhyátu má ciram ity atra tumo 'nusvára-*
lopa árṣah; il faut : *çíghram ákhyátum.*
E. S. : [*idam gamanam*] *svargáyákhyántu; má ciram.*

[1] Ràma semble considérer cette suppression comme légitime, puisque, non plus que l'édition du Sud, il ne signale d'*árṣah.* Ce serait une *licence* poétique.

[2] La suppression légitime de l'*a* d'*antar* aura amené celle de l'*á* d'*átmanam*, si ce n'est le besoin du vers.

[3] La suppression de la flexion est un archaïsme; après la flexion le samdhi.

PÀTHAS VIEILLIS.

III, 5, 16 : çoṇâmçuvasanáḥ sarve.
glose : «çoṇáçmavasanáḥ» iti páṭhe padmarágasa-
dṛçavasaná ity arthaḥ; «çoṇâmçu» ity eva prácinaḥ páṭha iti Katakaḥ.

E. S. : même texte.
glose : raktakántiyuktavastráḥ, sans autre observation.

IV, 64, 3 : pratibimbam avasthitam.
glose : prácinaḥ páṭhaḥ.

E. S. : pratibimbam iva sthitam, saus glose.

67, 7 : ambariṣopamaṃ diptaṃ vidhúma iva pávakaḥ.
glose : prácinaḥ páṭhaḥ.

E. S. : ambáriṣam ivádiptaṃ vidhûma iva pávakaḥ.
glose : bhráṣṭram [1], sans autre observation.

V, 1, 93, c-f : Hanûmán Rámakáryárthi bhimakarmá kham áplutaḥ
çramaṃ ca Plavagendrasya samîkṣyotthátum
arhasi.
glose : prácinaḥ pánktaḥ páṭhaḥ [2].

E. S., 96, c-d : Hanûmán Rámakáryártham bhimakarmá kham aplû-
taḥ.

et 101, c-d : çramáṃ ca Plavagendrasya samîkṣyotthátum arhasi [3]. Pas de glose.

1, 102 : jaharṣa ca nanáda ca.
glose : prácinaḥ páṭhaḥ... «nananda» iti lv ádhu-
nikakalpitaḥ páṭhaḥ [4].

E. S., 110 : jaharṣa ca nananda ca.

1, 155 : tad dṛṣṭvá vyáditaṃ tv ásyam.

[1] Synonyme d'ambáriṣam «poêle à frire».

[2] Ce texte pánkti est vieilli.

[3] Les cinq çlokas qui précèdent celui-ci sont ceux que la glose de l'édition
de Bombay donnent comme ayant été, suivant Kataka, rejetés par les précédents
éditeurs : kecic chlokáḥ prakṣiptáḥ parair iti Katakaḥ.

[4] ádhunika opposé à prácinaḥ.

glose : *iti prácínaḥ páṭhaḥ.*
E. S., 158 : sans glose [1].

PATRONYMIQUES ANORMAUX.

I,   13, 27, *f* :   *Sauvírán Saurástreyáṃç ca párthiván.*
           glose : *Saurástre bhaván ity arthe ḍhagársaḥ* [2].
      E. S., 25, *b* : non signalé.

    75, 3 :   *Jámadagnyam.*
           glose : *Jamadagneḥ svapitur ágatam ; atrárthe ṣyañ*
                árṣaḥ. Le *ya* est archaïque [3].
      E. S. : non signalé.

    75, 27 :   *pitṛpaitámaham . . . dhanuḥ.*
           glose : *pitṛpitámahakramád ágatam ; uttarapada-*
                vṛddhir árṣi. Cf. II, 79, 5.
      E. S., 29 : non signalé.

II,   68, 17 :   *pitṛpaitámahim ity árṣam Ikṣvákúnám pitṛpitáma-*
              hasambandhiním Ikṣumatíṃ teruḥ [4].
      E. S. : non signalé.

    77, 2, *c* :   *bástikam.*
           glose : *bástikam chágasamúham ; árṣaṣ ṭhak ; bas-*
                tojaḥ.
      E. S., 3, *a* : *bástikaṃ chágasamúham,* sans autre observation.

    105, 30 :   *púrvair gato márgaḥ paitṛpitámahair dhruvaḥ.*
           glose : *vṛddhir árṣi pitṛpaitámahair ity arthaḥ*
              «Pitṛpaitámahaḥ» iti páṭhe tatsambandhi márga
              ity arthaḥ.

---

[1] L'édition du Sud fait précéder ce vers de dix autres qu'elle regarde comme interpolés et rejetés (*prakṣiptaçlokáḥ*). Elle les met entre crochets et leur donne une numérotation spéciale. L'édition de Bombay signale seulement les cinq derniers, en ajoutant : *çlokás tu prakṣiptá iti Katakaḥ.*

[2] Il ne s'agit pas de descendance (*ḍhak*) d'où l'archaïsme ou l'impropriété du terme. Cf. *infra,* VII, 38, 17.

[3] Il ne saurait s'agir ici de descendance, puisqu'il est question d'un arc ; dès lors ce patronymique est irrégulier. C'est l'arc provenant de Jamadagni. Cf. *infra,* VI, 28, 2.

[4] La rivière d'Ikṣumatí était alliée au père et à l'aïeul des Ikṣvákus. Ici encore il ne s'agit pas de descendance ; par conséquent ce patronymique est irrégulier.

E. S. : ...*gato márgaḥ pitṛpaitámaho dhruvaḥ.*
sans glose.

IV, 9, 3 :   *rájyaṃ pitṛpaitámaham;* vide supra, I, 75, 27.
glose : *árṣatvád uttarapadavṛddhiḥ.*

  E. S. : non signalé.

VI, 28, 2 :   · *nyagrodhán iva Gáṅgeyán.*
glose : *Gáṅgeyán Gaṅgátaṭotpannán; anapatye 'pi*
ḍhag árṣaḥ [1].

  E. S. : non signalé.
32, 29 :   *ahaṃ [Sitá] Dáçarathenoḍhá.*
glose : *Dáçarathena Daçarathaputreṇa; aṇár-*
ṣaḥ [2].

  E. S. : sans glose.

VII, 5, 43 :   *Máleyáḥ.*
glose : *Máleyáḥ «itaç cániñaḥ» iti ḍhak* [3].

  E. S., 44 : sans glose.
8, 23 :   *Sálakaṭaṅkaṭe,* pour : *Sálakaṭaṅkaṭiye.*
glose : *Sálakaṭaṅkaṭá Mályavadádeḥ pitámahi Vi-*
dyutkeçapatní tadíye vaṃçe; vṛddháç chábháva
árṣaḥ [4].

  E. S. : non signalé.
38, 17 :   *Káçeya.*
glose : *Káçideçe bhavaḥ Káçeyaḥ ḍhag ár-*
ṣaḥ [5].

  E. S., 18 : sans indication.

[1] Patronymique irrégulier, puisqu'il ne s'agit pas de descendance.

[2] Le patronymique est Dáçarathi. Il faut donc *Dáçarathyoḍhá.*

[3] Böhtlingk, 1ᵉʳ suppl., dit à l'article *Máleya :* «Patron. von Máli = Málin, N. pr. eines Râksasa». Il cite ce passage de l'édition Bombay. Il n'y a donc pas d'irrégularité. J'ai relevé l'expression *ḍhak* pour la glose. Cf. Páṇ., 4, 1, 122.

[4] Böhtlingk (art. *Çálakaṭaṅkaṭa*) cite ce passage avec sa glose, mais ne reconstitue pas le patronymique. Sur l'expression *vṛddháccha,* cf. Páṇini, 4, 2, 114, 141, 142.

[5] Pratardana est originaire (*bhava*) de Káçí dont il est roi, mais, suivant la glose, cela ne constitue pas une descendance, et ne justifie pas dès lors le patronymique.

SÂDHUS ARCHAÏQUES.

II, 109, 19 :   *pratyagâtmam imaṃ dharmam.*
glose : *pratyagâtmaṇo jivân uddiçya pravṛttam ity arthe, pratyagâtmam ity ârṣatvât sâdhuḥ* [1].
E. S. : même texte.
glose : *âtmânaṃ pratyavinâbhûtatvena pravṛttam,* sans autre observation.

118, 33 :   *dattâ câsmiṣṭavad devyai.*
glose : *iṣṭavaddevyai iṣṭâyai devyayai râjyai iṣṭam iti bhave ktaḥ; iṣṭam icchâ tadvatyai viṣayatâsambadhenety akṣarârthaḥ; ârṣaṃ vâ sâdhutvam uktârthe; yad vâ samtânecchâvatyai devyai ity arthaḥ* [2].
E. S. : sans glose.

V, 28, 6, *b* :   *garbhasya jantor iva çalyakṛntaḥ.*
glose : *çalyaṃ çastraṃ tena kṛṇattiti : çalyakṛnta Ambaṣṭhavaidyaḥ; ârṣatvât sâdhu* [3].
E. S., *d* : *garbhasthajantor iva çalyakṛntaḥ,* sans glose.

53, 2 :   *dûtavadhyâ vigarhitâ.*
glose : *dûtavadhyâ dûtavadhaḥ; ârṣam idaṃ sâdhu* [4].
E. S. : *dûtavadhyâ,* sans observation.

53, 22, *a* :   *ghoṣayanti kapiṃ sarve câra ity eva Râkṣasâḥ.*
glose : «*cârîkaḥ*» *iti pâṭhe 'pi câra ity evârthaḥ;*

[1] On s'attendrait à *pratyagâtmânam;* mais, avec un préfixe, ce mot, pris adjectivement, suit la première déclinaison. Voir Böhtlingk, art. *âtma,* qui cite précisément ce passage.

[2] Après avoir donné les divers sens possibles d'*iṣṭavat,* qu'il s'agisse d'un participe passé ou d'un participe présent, la glose ajoute : «Cette forme régulière est archaïque dans le sens de participe, ou parce qu'elle se rapporte à la reine désireuse de postérité.»

[3] *Çalyakṛnta* est normal mais archaïque. *Ambaṣṭha :* ce mot semble un défi à la règle qui veut que l' *s* dentale ne se lingualise pas après un *a;* mais, en vertu d'une anomalie demeurée inexpliquée, on dit aussi bien *ṣṭha* que *stha* à la fin d'un composé.

[4] Cette forme, bien que régulière (*sâdhu*), est archaïque.

ârṣaṃ sâdhutvam; câraçabdât svârthe ârṣa ṭkaḥ [1].

E. S., 22, *d* : ...sarve cáríka iti Râkṣasâḥ.

glose : *cârah*, sans autre remarque.

VI, 5, 19 : *çokaṃ pratyâhariṣyâmi çokam utsṛjya mânasam.*

glose : *mânasaṃ manasi vartamânam, pratyâharaṇasaṃbhâvanayâ prâg api çokotsargât ktvaḥ* (sic) *sâdhutvam* [2].

E. S. : sans glose.

101, 7 : *svapnayâne.*

glose : *svapnayâne svapne ity arthe ârṣam asya sâdhutvam.*

E. S., 102, 7 : *svapnayâne.*

glose : *svapnagamane*, sans autre indication.

ANUSVÂRAS IRRÉGULIERS.

V, 4, 8, *d* : *kapirâjahitaṃkaraḥ;* pour : °*hitakaraḥ*.

glose : *hitaṃkara ity ârṣaḥ* [3].

E. S., *b* : non signalé.

VI, 53, 31, *b* : *bhûmir bhayakarî;* pour : *bhayaṃkarî.*

glose : *bhayakarî bhayaṃkarî...mum abhâva ârṣaḥ* [4].

E. S., 30, *d* : non signalé.

VII, 94, 24, *d* : *yajñasaṃvidham;* pour : *yajñasavidham.*

glose : *anusvâra ârṣaḥ; yajñasadaḥ savidhadeçaṃ*

---

[1] La forme *cáríka* est régulière, mais désuète.

[2] Je relève ce passage à cause de l'expression *sâdhutvam* qui, pour la première fois, n'est pas accompagnée du terme *ârṣam*. Du reste, la glose est assez curieuse. *Ktvaḥ* est sans doute une faute d'impression pour *kṛtvaḥ*. Cf. Pâṇini.

[3] La même expression se trouve déjà au çloka 3 (çloka 2 de l'E. S.) sans mention d'*ârṣaḥ*.

[4] Précédemment l'anusvâra, dans un composé dont le second terme est *kara*, était un archaïsme; ici, c'est le contraire : l'archaïsme consiste dans son omission. L'usage aurait-il donc ses caprices dans l'Inde aussi?

sampráptaḥ; tatra tiṣṭhatíti bhávaḥ : «samvidam»
iti vá páṭha iti kaçcit [1].

E. S., 25, *b* : non signalé.

IRRÉGULARITÉS NON CLASSÉES.

II, 4, 7 :   *çrutvá pramáṇaṃ tatra tvaṃ gamanáyetaráya*
vá.

glose : *tatrarájasaṃnidhau itaráyágamanáya; asar-*
vanámatvam árṣam; pramáṇaṃ nirṇetá [2].

E. S. : *çrutvá pramáṇam atra tvaṃ gamanáyetaráya vá.*

glose : *sútaḥ çrutvá Rámavákyam iti çeṣaḥ; ta-*
taḥ Rámavákyaçrávaṇánantaram. Atra Daça-
rathasamípe gamanáya itaráya agamanáya ca
tvaṃ pramáṇaṃ kartá [3]. Sans indication d'*ár-*
ṣaḥ.

III, 37, 4 :   *api Rámo na saṃkruddhaḥ karyál lokán ará-*
kṣasán.

glose : *apíti Rakṣasáṃ svastíty árṣam api svasti*
bhaved api kṣemaṃ sampadyetápi kim [4].

E. S. : *api Rámo na saṃkruddhaḥ kuryál lokam arákṣa-*
sam; sans glose.

[1] Le 24ᵉ çloka de l'édition de Bombay compte six pâdas, tandis que celui de l'édition du Sud n'en compte que deux. Il en résulte que le 2ᵉ pâda du çloka 25 de cette édition répond exactement au 4ᵉ du çloka 24 de l'autre. Remarquer la variante signalée par la glose.

[2] Le sens est celui-ci : «Tu as entendu le désir du roi; à toi de décider si tu dois retourner près de lui, ou si, au contraire, tu n'y retourneras pas.» Il fallait écrire : *gamanáyágamanáya* (Cf. Pâṇini, 1, 1, 28 et suiv.).

[3] «Le Sûta ayant ouï la réponse de Râma : voilà ce qu'il faut suppléer.» *Tatas :* «aussitôt après avoir ouï la réponse de Râma, etc.»

«*Quant à retourner de nouveau ici* près de Daçaratha *ou autrement,* à n'y pas retourner, *c'est à toi de décider.*» Les mots en italique sont ceux du texte, les autres sont du glossateur.

[4] «Puisse Râma, dans sa fureur, ne pas dépeupler les mondes de Râkṣasas! [mais leur donner la paix].» L'archaïsme consiste dans l'ellipse signalée par la glose.

VII, 32, 69 : *musaláni ca çúláni sotsasarja tadá raṇe.*
glose : *sotsasarjety árṣam; sahaiva tyaktavanta ity arthaḥ* [1].

E. S. : *musaláni saçúláni hy utsasarjus tadárjune;* sans glose.

[1] *Sa* dans le sens de *sahá* est un archaïsme. En traduisant *sotsasarja* par *sahaiva tyaktavantaḥ,* Râma semble avoir lu le pluriel, comme l'édition du Sud, qui a évité l'archaïsme en écrivant *hy ut°.* Si *sa* désigne Arjuna, comme paraît l'indiquer le singulier *utsasarja,* il n'y a plus d'irrégularité, mais ce singulier ne rentre guère dans l'économie du sens général.